死神様に幸せな嫁入りを

黒乃梓

STARTS
スターツ出版株式会社

目次

プロローグ 7
第一章 11
第二章 65
第三章 149
第四章 209
エピローグ 285
あとがき 290

死神様に幸せな嫁入りを

プロローグ

咲耶《さくや》はふと、目を通していた本の一節が気になった。

【異類婚姻譚《いるいこんいんたん》——人間と違った種類の存在と人間とが結婚する神話や昔話。古代より神の花嫁として選ばれるのは名誉であるとされる一方で、実際は女性が人身御供《ひとみごくう》として神の怒りを鎮《しず》めるためにその身や命を捧げる場合が多い】

もしかすると自分の結婚は、政略結婚と呼ぶより人身御供に近いのかもしれない。

そんな考えが頭をよぎり、本を閉じる。いつもの癖《くせ》で本を借りるかどうか一瞬迷ったが、それはできないのだともともとにあった場所にしまいに行く。

最初は時間をつぶすために通いつめていた学校の図書室も、今ではすっかりお気に入りの場所になった。

でも、もうこれも最後なんだ。それどころかこの校舎も、教室も、制服さえ——。

図書室から出て不意に窓の外を見ると、桜の花が綺麗《きれい》に咲いているのが見えた。今年は全国的に暖冬で、三月半ばにはこの辺りの桜は見頃を迎えている。高校二年生の修了式を終え、明日から春休みだ。

「咲耶」

不意に名前を呼ばれ声のした方向を見ると、同級生の凛子《りんこ》が駆け寄ってきた。咲耶のことを探していたのか、彼女の呼吸はやや荒い。

「ねぇ。本当にどうにかならないの？　なにも高校まで辞めなくてもいいのに。あと一年で卒業なんだから」

　咲耶の手を取り、凛子は必死に訴えかける。咲耶の数少ない友人で、何度こうして説得しようとしてくれたかわからない。その優しさが咲耶には本当にありがたかった。

「ありがとう。でもそれは先方が許してくれないみたい」

　極力明るく咲耶は答える。しかし凛子は眉をひそめたままだ。

「家のために結婚って……相手は誰なの？　どんな人？」

　凛子の問いかけに咲耶はしばし迷う。けれど咲耶は無理矢理笑顔をつくった。

「人じゃない、神様だよ。……死神だって」

　冗談でもはぐらかそうとしたわけでもない。その証拠に凛子は、咲耶の返答に顔を強張らせた。

第一章

この世界には〝神族《しんぞく》〟と呼ばれる存在がいる。遠い昔、神界から降りてきた神々が神としての力を持ちながら人間として暮らしていて、その存在は大変貴重で特別とされていた。

政界や財界、官界の主要な立場に就《つ》く者が多く、常に一目置かれている。そんな神の力にあやかろうと近づく人間はあとを絶たない。

しかし〝八百万《やおよろず》の神〟と言われる通り、すべての神族が敬われ憧れの眼差《まなざ》しを向けられるわけではない。中には畏怖《いふ》の対象として、その存在や力を恐れられている者もいた。

伯母の公子《きみこ》から突然結婚を命じられたとき、咲耶は自分の身に起こっている出来事がすぐに理解できなかった。

本邸に呼び出された時点でいい話ではないと思っていたが、まだ学生である身で結婚、ましてや知らない相手など……。

「此花《このはな》の娘との結婚を条件に、うちの会社に融資してくれるって先方が言うものだから。あなたに断る権利なんてないわよ？　弟の子だからって引き取ってここまで育てたんだから、その恩をちょっとは返しなさいよ」

戸惑う咲耶をよそに、公子は冷たく言い放つ。

両親を幼い頃に亡くした咲耶は伯母に引き取られた。しかしそこでの生活は散々なもので、衣食住は必要最低限。咲耶は伯母一家の暮らす母屋ではなく狭くて古い離れにひとり住まわされ、食事を一緒にとることさえ許されなかった。

公子の夫は建設会社の社長を務め、いわゆる彼女は社長夫人。裕福な家庭で、咲耶と同い年の娘、佐知子《さちこ》がいるが、その会社の業績がここ数年傾きつつあるのは知っていた。

「咲耶にはもったいない縁談なんだから。相手は神族よ。当主の花嫁としてぜひって」

母親の公子を援護するように佐知子が口を挟む。

神族と聞いて咲耶は目を瞬《またた》かせた。

相手が神族なら結婚したい相手はたくさんいるのではないだろうか。高い地位と財力を誇ると聞いている。花嫁候補には困らないはずだ。それこそ佐知子でも……。

「神族といってもね、咲耶が嫁ぐのはあの死神の一族、冥加《みょうが》家なの」

心の中で浮かぶ疑問を佐知子の声が打ち消した。

「死、神？」

ついおうむ返しをする咲耶に公子と佐知子は顔を見合わせて笑う。嘲笑《ちょうしょう》めいたものだ。先に公子が口を開く。

「そう。人どころか他の神族からも恐れられているって話よ。死神だもの。めったに人前に現れず、その外見は恐ろしく醜いらしくてね、花嫁は虐《しいた》げられ、早死するんですって」

「怖ーい！　そんなところにお嫁にいくなんて私は絶対無理」

佐知子が同調し、わざとらしく身を縮めた。続けて猫なで声で咲耶に告げる。

「それに、此花家の娘って咲耶のことじゃない」

伯母は結婚して名字が川崎《かわさき》となり、この家で此花の姓を名乗っているのは咲耶のみだ。

此花家はかつてこの地で神職を務め、代々続く由緒ある家柄と聞いている。その跡取りである咲耶の父は、身内の反対を押し切って、咲耶の母、咲良《さくら》と結婚した。

母には身寄りがなく、父の相手として相応《ふさわ》しくないと散々非難されたが、父は此花の家を出て母と生きる道を選んだ。身分や血筋などに興味はなく、ゆえにそれによって上だ下だと語る価値観を父は嫌っていたそうだ。

母と慎ましくも仲睦《なかむつ》まじく幸せな生活を送る中で、やがて咲耶が生まれた。

父は穏やかで優しく、膝の上に座り何度も絵本を読んでもらったのを覚えている。父は母が大好きで、母も父が大好きだった。ふたりが喧嘩《けんか》したり、言い争っているのを咲耶は見たことがない。祖父母や親戚の顔を知らなくても、両親がそばにいて一緒に笑っていてくれたら咲耶は十分に幸せだった。

それが崩れたのが、咲耶が五歳のとき。父が交通事故で亡くなったのだ。

父の死を誰よりも悲しむ母を責める親戚たちを初めて目にし、幼いながらに咲耶は怒りと悔しさで涙が止まらなかった。

それから此花家の力を借りずに、母とふたりで暮らしてきたが、その母も咲耶が十歳のときに病気で亡くなってしまった。

「死神なんて、両親そろって亡くしているあなたにぴったりじゃない。とってもお似合いの嫁ぎ先よ」

鼻を鳴らして公子が勝ち誇った面持ちで告げる。

「わかり……ました」

しばらく間が空き、黙って話を聞いていた咲耶は、か細い声で答えて小さく頷《うなず》いた。

公子の言う通り、断る選択肢などない。与えられない。

ずっとそうだった。両親を亡くしてから、自分の意思を尊重してもらったことなど一度もない。さらには未成年の立場も合わさり、咲耶にはこの家で主張できる権利などほぼなかった。

希望を、夢を持って前を向いていたときもある。けれどことごとく打ち砕かれ、いつからか咲耶は自分の意思を放棄し、目の前のどんな出来事もただ無感情に受け入れることで、自分を守ってきた。今もそうするしかない。

公子はさっそく、咲耶の高校の退学手続きを取り、冥加家との縁談を進めていく。そして高校二年生を修了し、春休みになると同時に、咲耶は冥加家に嫁ぐ段取りとなった。

伯父は会社経営者の立場から家のことは公子に任せっきりで、咲耶とは血のつながりがないのも合わさりほぼ無関心を貫いている。

今回の縁談もそもそもは伯父の会社のためだというのに、主導で話を進めているのは公子だった。だからといって熱心に成功させる気もないらしい。

一度両家の顔合わせを、と言われたが公子が付き添いを拒否し、咲耶だけが冥加家に赴くことになった。

こういうときに着ていく服を持っておらず悩んでいると、母の数少ない遺品の中に服があったのを思い出した。捨てられないようにと押入れの奥に隠してあった段ボール箱を取り出して開けると、紺色のシンプルなワンピースが目に入った。

「これ、お母さんの……」

よく見ると、保存状態が悪かったからか生地には傷みがあり、やや色あせているが、咲耶はこれを着ることを決めた。

土曜日ではあるが、伯母一家は出かけていて、家には咲耶しかいない。さすがに離れでひとり待つわけにもいかず、咲耶は門の前で冥加家からの迎えを待った。

微妙にサイズが合っていないワンピースの生地の裾を伸ばすように引っ張る。

春の陽気と呼ぶには肌寒い。雲が太陽を隠しているからか気温もそこまで高くなかった。

『咲耶の花嫁姿、お父さんの分までちゃんと見届けないとね』

ふと入院していたときの母の言葉が脳裏によぎる。元気になると約束したのに、結局母は逝《い》ってしまった。

死神……か。

そのとき門のところに見慣れない車が停《と》まり、我に返った咲耶は慌てて駆け寄る。

運転席からは、スーツを着た老紳士が降りてきた。艶《つや》のある白髪はきっちり整えられ、白い手袋は染みひとつない。胸に手を当て、彼は咲耶に律儀《りちぎ》に頭を下げる。

「お待たせして申し訳ありません。冥加家からの使いの者です。此花……咲耶さまですか？」

名前を確認され、咲耶も頭を下げた。

「はい。此花咲耶です」

「如月《きさらぎ》と申します。どうぞ、暁《きょう》さまがお待ちです」

咲耶の顔を見て微笑《ほほえ》み、彼は後部座席のドアを開けた。

初めて聞く名前に戸惑ったが、おそらく〝暁〟というのは咲耶が結婚する男性の名前だろう。おずおずと車内に乗り込み、自嘲的な笑みがこぼれる。

（そっか。私、相手の顔どころか名前さえも知らないんだ。知ろうともしなかった）

知ったところで自分の運命は変わらない。受け入れるしかないのだから。

「大丈夫ですか？」

「え？」

不意に声をかけられ、視線を前に向けるとミラー越しに如月と目が合う。

「あまり顔色が優れないので。緊張されていますよね」

「あ、いいえ！」

如月の指摘に咲耶は身をすくめる。こんなふうに周りに気遣わせてはいけない。

それにしても自分を待つ暁とは、どんな男性なのだろうか。

勘違いしてはならないのが、この結婚は決して対等なものではないということだ。

自分は売られた身で、どんな相手でも逆らうことは許されない。

沈みそうになる思考を振り払い、咲耶は気を取り直して窓の外を眺めた。

連れてこられた屋敷は、重要文化財と言われても納得できるほど広く、歴史を感じさせる造りだった。如月に案内されあとに続くが、門から建物までの距離が恐ろしく長い。

「すみません。いつもは出迎える者たちで賑《にぎ》わうのですが、咲耶さまを驚かせるからと暁さまの命令で今日は控えておりまして」

申し訳なさそうに告げる如月に、それはありがたい気遣いと喜ぶべきか、あまりにも世界が違うと驚愕《きょうがく》すべきか、咲耶の心は揺れる。

（違っていて当たり前か。相手は神族なんだもの）

通された屋敷の奥の部屋は、宴会ができそうなほど広い。畳の香りにどこかホッとし、咲邪は促されるまま座卓の前に腰を下ろした。

「すぐにお茶をお持ちしますね。暁さまも間もなくいらっしゃいますから」

「はい。ありがとうございます」

深々と頭を下げ、去っていく如月を見送り、咲耶はふうっと長めに息をつく。

（あまりジロジロ見つめるのも失礼だよね）

つい物珍しさに部屋の中に視線を飛ばしてしまいそうになったが、ぐっとこらえて目線を下げる。

そのとき、引き戸がゆっくり開く気配がして、咲耶はとっさに身を硬くした。如月が戻ってきたのかもしれないが直感的に違うと感じる。そこにいるだけで他者を圧倒させるような空気に息を呑《の》む。視線どころか顔が上げられない。

その人物はゆっくりと咲耶に近づいてくる。

「悪かった。呼び立てておいて、待たせたな」

聞こえてきたのは若い男性の声だ。そこまで大きくないのに、低く通る声は聞き取りやすい。

なにか返したいのに、咲耶は口を開けず、動けないでいた。

ややあって、上座にあった和室用の椅子に相手が腰を下ろしたのがわかった。

「いつまでそうしている？」

少しばかり高い位置から声が降ってくる。このままでは相手に失礼だ。でも——。

『死神だもの。めったに人前に現れず、その外見は恐ろしく醜いらしくてね』

一瞬、ためらったが意を決して咲耶は顔を上げる。続けて目に飛び込んできた男の
姿に、驚きを隠せなかった。

和服姿の青年は、醜いとは真逆の容姿をしていた。短くも流れるような艶やかな黒
髪、陶磁器のような白くなめらかな肌、じっとこちらを捉える漆黒《しっこく》の双眸《そうぼう》は、吸い込
まれそうな妖《あや》しさがある。切れ長の目にすっと通った鼻筋、作り物ではないかと勘違
いしそうになるくらい整った顔立ちだ。

「此花の娘か」

「はい。此花咲耶です」

目を見開いたままだったが反射的に答え、咲耶はすぐに再び頭《こうべ》を垂れた。心臓が早鐘を打ちだし、今になって動揺している自分に気づく。

「それにしても、よくこの冥加家に嫁ぐ気になったな。うちにまつわる話はいろいろ聞いているんだろう？」

どこか小馬鹿にしたような、自嘲的な物言いだ。彼がなにを指しているのか、すぐに見当がつく。

『花嫁は虐げられ、早死するんですって』

（あの噂《うわさ》はやっぱり本当なの？）

「なにを脅された？　命より大事なものはないだろうに。……それともさっさと早死にしたいのか？」

挑発めいた言い方で続けられ、咲耶は顔を上げて、目の前の男をまっすぐに見つめた。

自分がここに来たのは、公子の差し金だ。拒否などできず、言われるがまま、彼の花嫁として連れてこられた。

けれど……。

「早く死にたいとは思いません。ただ……いつ死んでもいいとは思っています」

その瞳にも、口調にも迷いはない。

凛とした声が部屋に響き、暁は目を見張る。

「覚悟とか立派なものはありませんが、自分の運命は受け入れる、つもりです」

虐げられるとは具体的になにを指すのかはわからないが、公子の家に引き取られてからも、ひどい日々ではあった。その相手が代わるだけだ。

「とはいえ自分の意思でここに来たわけではないんだろう?」

暁の問いかけに咲耶は黙り込む。それを見て、男はおもむろにため息をついた。

「呼び立てて悪いが、この縁談は一族が勝手にまとめたんだ。俺に花嫁は必要ない」

意外な切り返しに今度は咲耶が目を丸くする番だった。

暁は面倒くさそうに、手の甲を咲耶に向けて軽く振る。

「お前も無理矢理ここに連れてこられたのなら、帰っていいぞ」

しばし静寂がふたりを包み、咲耶が口を開く。

「わかり……ました」

無表情のまま立ち上がり、暁に向かって深々と頭を下げた。そして咲耶は部屋をあとにした。

咲耶が部屋を去ったあと、彼女の気配が遠のいたのを感じ、広い部屋でひとり暁はなんとも言えない気持ちになった。

「失礼します」

そのとき、小さな声がして返事をすると、扉が静かに開く。

「遅くなってしまってすみません。お茶を……」

お盆にお茶とお菓子をきっちりとのせてやってきたのは如月だ。しかし彼は室内の様子を見て言葉を止めた。

「咲耶さまは？」

「帰した」

「帰した!?」

間髪を入れずに端的に回答した暁に対し、素っ頓狂《すっとんきょう》な声が響く。紳士そのものだった如月のその姿を咲耶が見たらきっと驚くに違いない。

「俺に花嫁は必要ないと言っただろう。本人にもそう伝えた」

「なんてことを!?　あなたはご自分の立場を理解しておりますか？」

面倒くさそうに告げる暁に、如月は今にも詰め寄る勢いになる。

「理解している。力は戻っているのに、今さら此花の人間は必要ない」

「そういう問題ではないと何度も申し上げたでしょう。この縁談をまとめるのがどれほど大変だったか……」

わなわなと如月は肩を震わせるが、暁としては自分が頼んだわけでもないので、その苦労を汲《く》んでやる義理はない。

咲耶を花嫁に所望したのは、暁自身の意思ではなく、すべては過去の因縁《いんねん》に起因する。

暁の一族は死を司《つかさど》る神として、死者の国である黄泉国《よみのくに》で当主を最高神に置き、人はもちろん神々からも恐れられ一目置かれる存在だった。

ところが遠い昔に人間界を訪れた際、当時の此花家の者にその力の一部を奪われる事態が起こったのだ。暁が生まれる以前、千年以上前の話になる。人間に黄泉国の最高神が力を奪われるなどあってはならない。

その話は瞬く間に神界にも広がり、これを好機と言わんばかりに彼らを恐れる一部の神々に狙われ、地位の剥奪《はくだつ》を企《たくら》む者なども現れた。一種の混乱が起こり、見かねた大神《おおかみ》の助言により、奪われた力が戻るまで神族として人間界で暮らすことになったのだ。

力を奪われたからか、当時の当主は長くその座を務められず消滅したと聞く。暁が生まれたのはそのあとだ。神は万能でもなければ、不死でもない。永遠などない。地位も力も、万物は流転する。とはいえこの状況に屈辱的な思いを抱いている者が一族の中にいるのも、暁は理解している。

如月をはじめとする冥加家に仕える者もすべて神族であり、純粋な人間ではない。人間界に降りた時点で一族の中で当主以外の者は、神としての力をほぼを失っているのが現状だ。彼らの気持ちを考えると暁本人よりもこの縁談に必死になるのは無理もない。

黄泉国の最高神となる一族の当主は、代々特別な力を持って生まれる。暁はその力を受け継ぎ今の座に落ち着いているが、誕生したときは、そこまで強大な力ではなかった。先代のときに力を奪われたからか、神族として暮らしているのが原因なのかははっきりしない。しかし、その力は長い年月をかけ回復し、黄泉国の最高神としての座も守り続けている。

「実際問題、我々の、暁さまの力が戻っているかどうかは、そこまで大きな問題ではないのです。最高神が人間に力を奪われたという汚名を雪《すす》ぐため、此花の血を引く者を我らの手中に収めるのが目的だったはず」

耳にたこができるほど聞いた理屈だ。現時点では、此花の末裔《まつえい》が神々の力を奪ったり、人外的な力を持つとの報告は受けていない。今さら奪った力が戻ってくるとも思っていない。

だったら、どうすればいいのか。一族はひとつの結論を見出《みいだ》した。かつて力を奪った此花の人間を花嫁として、冥加家に取り入れる。

その事実で、過去の因縁を払拭したと内外に知らしめられる。それにより邪《よこしま》な考えを抱いている連中に一泡吹かせ、威厳を取り戻せると、そういう考えがこの結婚にはあった。

「それに私個人的なご意見ですが……暁さま自身に花嫁が、彼女が必要だと思ったのです」

如月の言い分がますます暁には理解できない。そこで如月の目がかっと見開かれる。

「そもそも、だからって女性をひとりで帰す人がどこにいますか！」

そこを指摘されると、暁としてはたしかにと頷くしかない。しかし彼にも言い分はあった。

「これ以上、死神と一緒にいたくはないだろう」

神々にも人間にも自分たちがどう思われているのかは、嫌というほど理解している。恐れ慄《おのの》かれるのは、死神が唯一にして絶対的な死に触れることができる存在だからだ。

咲耶は冥加家にまつわる噂をすべて知ったうえでここに来ていたようだが、そこに自分の意思はなかった。とはいえ――。

（俺との結婚がなくなったというのに、浮かない顔をしていたな）

てっきり安堵《あんど》めいた表情を見せると思っていた。

『ただ……いつ死んでもいいとは思っています』

強がりでも悲観ぶっているわけでもない咲耶の声と表情が、いつまでも暁の頭から離れなかった。


咲耶は冥加家の屋敷をあとにし、最寄り駅を探して足早に歩を進めていた。来たときよりも雲は分厚くなり、今にも雨が降りだしそうだ。はっきりしない空模様は、今の自分の心と似ている。

肩透かしとも肩の荷が下りたとも違う、なんと言い表せばいいのかわからない。

『俺に花嫁は必要ない』

暁の言葉がいつまでも胸に刺さっている。

「あの人に私は必要ない。それでいいじゃない」

ひとまず気持ちを切り替え、前を向く。そのとき、隣に小さな公園があることに気づいた。ここを抜けたら駅はもうすぐだ。

(――あれ?)

公園の奥の茂みの辺りで茶色い塊《かたまり》が動いた気がして、咲耶は足を止めじっと見つめた。勘違いだろうかと思ったら、やはりなにかが動いたのが見えて、咲耶は誘われるままにそこへ駆けだす。

（あっ！）

近寄ってみると、茂みの中で小さな子犬がうずくまっていた。咲耶は腰を下ろして様子をうかがう。

「大丈夫？」

驚きで思わず声をかけてしまったが、子犬は苦しそうに舌を出して息をしている。目は固く閉じられていて、どう見ても正常な状態ではなかった。

「しっかりして！」

とっさにスカートが汚れるのもかまわずに膝に抱き上げる。子犬の体はまだ温かく、腹も上下に動いていた。必死で生きようとしているのが伝わってくる。

（どうしよう？　病院？　でも、どこに？）

「頑張って。死んじゃだめ！」

「自分はいつ死んでもかまわないのにか？」

不意に降ってきた声に驚き、顔を上げると、そこにはまさかの人物が自分を見下ろしていた。先ほど、花嫁は必要ない、と帰るよう指示した冥加家当主、冥加暁。

（どうして彼がここにいるの？）

「あの」

尋ねようとして、すぐに意識を膝の上の存在に向ける。身を硬くし苦しそうだった子犬の呼吸が少しずつ弱くなっていく。

「こうなってはなにをしても結果は同じだ。無駄な真似《まね》はやめて諦《あきら》めろ」

子犬の状態を言っているのだろう。

面倒くさそうな口調に、咲耶は反射的に噛《か》みつく。

「でも、この子自身はまだ生きようとしているんです。諦めるなんてできません！」

とはいえ今の自分になにかができるとも思えない。このまま看取《みと》ってやるしかないのか。

悔しさで唇を噛みしめながら、子犬に視線を戻す。すると、どういうわけか暁が隣に腰を下ろしてきた。そして大きな手のひらを子犬の上にかざす。

なんのつもりかと思う間もなく、咲耶の目には信じられない光景が飛び込んできた。

「え？」

苦しそうで今にも息絶えそうだった子犬の呼吸が急に安定し、体を起こしたのだ。

回復した様子に咲耶は戸惑う。

「少しだけ死を遠ざけてやった。とはいえ、死は必ず訪れる」

淡々と説明する暁に咲耶は目を瞬かせる。初めて目の当たりにした死神の力に驚きが隠せない。一方で、暁は皮肉めいた笑みを浮かべた。

「まぁ、誰にでも訪れると理解はしていても、日常からできるだけ死を遠ざけたいと願うのが普通だろうな」

ゆっくりと立ち上がった暁に再び見下ろされる形になり、子犬を抱きかかえた状態で咲耶も立ち上がる。

「この子……今度は私が最期まで面倒見ます」

暁の目をまっすぐに見て咲耶は答え、暁は虚を衝《つ》かれたような表情になる。

思えば、こんなにもはっきりと暁の顔を見て、意見をするのは初めてだ。けれど、咲耶の心も瞳も決して揺れない。

「こんなところでひとりじゃなくて、ちゃんと見送りますから」

暁からふっと視線を逸《そ》らして言い切り、自身の気持ちを奮い立たせる。

幸い離れで暮らしているので、なんとか伯母一家にバレずに匿《かくま》えるだろう。どうせ伯母たちは自分に興味などない。

咲耶があれこれ考えをまとめていたら、暁がなにか言おうと唇を動かす。しかし声を発する前に、茂みの奥が動いたのでふたりの注意は同時にそちらに向いた。

ややあって顔を出したのは、茶色い大きな犬だった。咲耶と暁を警戒心に満ちた瞳で睨《にら》みつける。吠《ほ》えたり襲われたりするのではないかと、咲耶はとっさに子犬を守るように抱きしめようとした。

ところが、子犬はやや甲高《かんだか》い声で吠え、咲耶の腕の中で暴れだす。

「あっ」

するりと彼女の腕をすり抜け地面に着地すると、子犬は嬉《うれ》しそうに大きな犬のもとへ向かった。噛みつかれるのではと不安になったのは一瞬で、あとから現れた犬は寄り添ってくる子犬を優しく出迎えている。

「もしかして……お母さん？」

なんとなく二匹のまとう空気に、咲耶は呟《つぶや》いた。それに応えるように子犬は尻尾を振り、一度咲耶の方を向いてから、大きな犬のあとをついていく。

「今度は最期までお母さんと離れないでね」

どこまで通じているのか。去っていく二匹に咲耶は声をかける。

二匹が完全に消え去ったのを見届け、咲耶の意識は、今度は隣にいる暁に移った。

そっと彼を見たら、暁も咲耶を見ていたらしく、不意にふたりの視線が交わる。

再度、咲耶がお礼を告げようとしたら、その前に暁が口を開いた。

「俺が怖くないのか？」

唐突な質問に、咲耶は目を丸くする。

こうして近くで見ると、暁の黒い瞳には金色がかった虹彩《こうさい》が入っていることに気づいた。魅惑的で、人ではない存在、彼は死神だ。

でも……。

「怖く、ないです。だって、あなたが言ったように命あるものは必ず死が訪れますから」

咲耶はぎこちなく言葉を紡いでいく。

両親を失ったとき痛いほど思い知った。永遠なんてない。命は儚《はかな》くて、いつかくるとはわかっていても、終わりは、別れはあっけなく訪れる。

むしろ死神は自分の方だ。父を亡くし、母まで病気で先立たれ、公子からも散々罵《ののし》られた。それを真に受け自身を責めたが、誰かのせいにしても両親は戻ってこない。受け入れるしかない。

咲耶は生きているのだから。

「死があるから、生きていることに感謝できる。今を大事にしないとって……。だから死神は必要な神様だと思います」

両親が亡くなったあと、伯母の家でつらい日々が始まったが、とにかく今を積み重ねるしかない。そうやって、ただ時を重ねてきた。きっと、これからもそうだ。

沈みそうになる気持ちを振り払い、咲耶は暁に向き直る。

「さっき、あの子を助けてくれてありがとうございました」

律儀に頭を下げる咲耶に対し、暁はふいっと視線を逸らした。

「礼を言われることはしていない。言っただろ。いずれ寿命は尽きる」

「でもあの場でひとり死んじゃうより、お母さんと一緒にいられる時間があった方が絶対にいいと思います」

間髪を入れずに咲耶は返す。するとどういうわけか暁の瞳にわずかに動揺が走った。けれど正直な気持ちだ。咲耶は柔らかく微笑む。

「それはあなたが与えたんです。ありがとう、優しい死神さん。今日、会えてよかったです」

きっとこの縁談話がなかったら、彼には出会わなかった。噂がどこまで本当なのかはわからないし、暁の本心もまったく見えないが、彼の行動に自分の心もあの子犬も救われたのは事実だ。

それだけで十分だと咲耶は思う。

すっかり汚れてしまったスカートの裾を手で払い、空を見上げる。分厚い雲が太陽を隠し、さっきまで地面に映っていた影もすっかりなくなっていた。

「そろそろ天気が崩れそうですし、ここで失礼します。お元気で」

改めてお辞儀して踵《きびす》を返すと、咲耶は足早にその場を去ろうとした。

おそらく彼と会うことはもう二度とない。

通っていた高校にも神族はそれなりに在籍していたが、直接的な関わりはあまりなかった。こうして神族と一対一でじっくり話したのは初めてで、やはり彼らは特別な存在なのだと改めて実感する。

名残惜しさを感じるほどなにかを共有したわけじゃない。けれど少しだけ胸がざわつく。

そのとき、突然腕を掴《つか》まれ咲耶は振り返った。

「なんで、そんな顔をする？」

「え？」

唐突な質問に咲耶は目を丸くした。逆に暁はどこか焦ったような表情だ。

「俺との結婚がなくなったんだ。もっと幸せそうな顔をしたらどうだ？」

暁の訴えに、咲耶は硬直した。彼は自分になにを期待しているのか。

「わかり……ません」

暁の意図が読めないまま、咲耶は正直に答える。

「わから、ないです。幸せとか、自分の希望とか。私は目の前の現実を受け入れるだけです」

卑屈になっているわけでも、悟っているわけでもない。本心だ。

咲耶の回答に、暁はわずかに顔を歪《ゆが》めた。

「お前に自分の意思はないのか？」

怒っているのか、呆《あき》れているのか、馬鹿にされているのか。

どれも違う気がするが、彼の滲《にじ》ませる感情が咲耶にはわからない。

「暁さま、咲耶さま」

どう返せばいいのかと迷っていたら、声がかかる。暁の手が腕から離れ、咲耶が視線を公園の入口の方に向けると、こちらに足早にやってくる如月の姿があった。

「遅くなってすみません。咲耶さま、お住まいまでお送りしますので。暁さまには雪《ゆき》景《かげ》を迎えに上がらせております」

咲耶は小さくお礼を告げて申し出を受け入れる。ここは素直に彼の厚意に甘えるべきだ。

結局、咲耶は暁とろくに会話する間もなく、如月に促されるまま、来たときと同じように彼の運転する車の後部座席に乗り込んだ。

「咲耶さま、今日はこちらの事情で振り回してしまってすみません」

車が動き出し、如月が申し訳なさそうに口火を切る。

「私どもはぜひ、咲耶さまに暁さまの花嫁になっていただきたいところではあるのですが……あの方も頑固でして。まったくご自分の立場をわかっていないとでもいうのか」

最後は独り言に近い愚痴めいたものだった。

「私じゃなくてもきっと彼が気に入る花嫁が見つかりますよ」

とっさにフォローしつつ、これでいいのかと迷う。暁の容姿はともかく、相手は嫁いだ花嫁は虐げられ早死にすると噂の死神だ。そのせいで花嫁探しが難航しているのかもしれない。

気軽に言うべきではなかったと後悔しながらも、咲耶はおずおずと続ける。

「暁さん、優しい方ですし」

そう自分が感じたのは事実だ。するとバックミラー越しにこちらを見ていた如月と目が合う。彼の表情はなんとなく切なそうだ。

「優しいのは咲耶さまですよ。やはり、暁さまにはあなたしかいない。とはいえ、こちらの事情ばかりで咲耶さまのご意思を無視していたのも事実です。そこはお詫《わ》び申し上げます」

「い、いいえ。そんな」

運転しているので顔は前を向いているが、今にも深々と頭を下げそうな勢いだ。咲耶は慌てて否定する。

（私の意思……）

別れ際に暁にもそんなことを言われたが、咲耶としては逆に戸惑ってしまう。

自分がどうしたいのかなど、咲耶にはない。正確には、意思や希望などを持つことを放棄した。

両親が亡くなって伯母のところでの生活が始まり、咲耶の思いはことごとく打ち砕かれていった。つらい思いを重ねすぎて、いつしか先のことなど考えられず、与えられる現状をただ受け入れるだけだと自分に言い聞かせるようになっていた。

でも——。

咲耶はふと先ほど母親と合流できた子犬の嬉しそうな反応を思い出す。

自分の未来に希望を持ったり、いつかを夢見たりはできないけれど、相手の幸せは願いたい。あの子犬はもちろん、暁に対してもだ。

如月に家まで送り届けられ、お礼を告げて別れるつもりだった。しかし、結婚が破談になった旨についてはこちら側からきちんと説明すると、如月は申し出た。ありがたく思いつつ、咲耶は素直に受け入れる。

もう伯母一家は帰っているらしく、母屋のチャイムを鳴らす如月の横に咲耶は緊張した面持ちで立つ。まさか如月も咲耶がひとり離れに追いやられて暮らしているとは思ってもいないだろう。

縁談がまとまったと上機嫌にふたりを玄関で出迎えた公子だったが、如月の口から「この話はなかったことに」と切り出された途端、あからさまに表情が変わった。

そして一通り如月がお詫びの言葉を述べ、彼が去った次の瞬間——。

冷たい水と何本もの花が咲耶の顔に当たり、土間に散る。まさか玄関に飾ってあった花瓶の中身をかけられるとは思わなかった。

ワンピースは水分を含んで、生地の色が変わり重たくなる。髪や肌からも水が滴《したた》り、全身の体温が奪われ反射的に身震いした。

「この役立たず！」

そんな様子の咲耶を、公子は鬼のような形相で見下ろす。

「一体どんな粗相をしたのよ！　死神とはいえ相手は神族。またとない機会だったのに。恩を仇《あだ》ばかりで返して……この疫病神！」

激昂《げっこう》する公子に対し、咲耶は頭を深く沈める。

「ごめん、なさい」

なにも考えない。言い訳も反論もしてはいけない。嵐が過ぎ去るのを待つだけだ。過去の経験で学んだ。ひたすら耐えてやり過ごすしかない。

「なに、どうしたの？　咲耶、死神にまで振られたの？」

佐知子が奥から顔を出し、玄関の惨状には眉ひとつ動かさず、馬鹿にしたような笑みを浮かべる。

「なに、そのダサい服。ありえないでしょ。まさか喪服のつもりとか？　ま、そんなんだからあなたは誰からも必要とされないのよ。死神にまで見放されるなんていい気味」

「そこ、片づけておきなさいよ」

おかしそうに笑う佐知子に続き、公子は言い捨てて再び奥へと戻っていく。

咲耶は静かに腰を落とし、言われるがまま散らばった花を集めていく。まず着替えるべきか。でも、この場を少しでも離れたらなにを言われるかわからない。

今に始まった話でもなく、涙さえ出そうもなかった。

高校を辞めさせられたのなら、これ以上ここにいる必要はないし、むしろ追い出される可能性もある。そっちの方が自分にとってはありがたいのではないか。

しかしすぐに思い直す。

公子が咲耶の後見人となっている以上、彼女が咲耶の両親の遺産や保険金を管理している。そこから咲耶に渡される額は微々たるもので、アルバイトのお金を足しても、咲耶がひとりで生活できるほどにはならない。住むところも、未成年だと保護者の同意なしに借りられない。

ため息をつきそうになり、頭を振る。

(やめよう。先のことを考えるのは)

体温が奪われていくのと同時に、心も底冷えしていく。咲耶はひたすら手を動かした。

三日後の昼下がり、咲耶はホテルの中にある美容室で着付けとヘアメイクを施されていた。

「とってもお似合いですよ。桜色のこのお着物、吉祥文様が描かれていてすごく上等なものですね」

美容師がリップサービスを含んだ感嘆の声を漏らすが、咲耶は返答に困ってしまう。

「艶やかな黒髪が羨《うらや》ましいです。いっそまとめ上げて、お花の飾りをつけましょうか？」

着々と咲耶の準備は進められていた。この前の暁との顔合わせのときとは違い、立派な代物が用意されている。あくまでも咲耶ではなく、先方のためだ。

冥加家との結婚が破談となり、家を追い出されるのかと思ったが、咲耶はすぐに別の男性と結婚する段取りをつけられた。

相手は咲耶よりも二十歳以上年上で、名前は中村《なかむら》という。咲耶が彼について知っているのは、どこかの会社の社長をしているということくらいだ。

下の名前は覚えていないし、興味もない。ただ公子があまりにも『中村社長』と連呼するので覚えただけだ。

中村は公子夫妻の知り合いでもあり、会社同士の付き合いもあった。そして公子の夫の会社の状況も知っており、支援を申し出たのだ。もちろんただの善意ではない。

佐知子との結婚を条件にしてきたそうだ。

個人的にも会社としても付き合いはあっても、それだけで援助するにはつながりが弱い。彼の言い分はこうらしい。

しかし公子は、自分とほぼ同年代の彼のもとに娘を嫁がせる気などさらさらなかった。

『咲耶が冥加家からの支援をだめにしたんだから、その責任を取りなさい』

冥加家との縁談がなくなった翌日、公子は咲耶に冷たく言い放った。おそらく別の相手に嫁がされるのでは、と予想していた咲耶だが、あまりの展開の早さに、すぐに事態を呑み込めなかった。

『中村社長、素敵な方よ。佐知子にはもったいないと思ってお断りしていたけれど、ずっと若い妻を欲しがっていたから、咲耶の話をしたら、ぜひって言ってくださってね』

呆然《ぼうぜん》とする咲耶をよそに、公子は嫌みたっぷりの笑みを浮かべ、早口に説明していく。

『両親を亡くし、うしろ盾もなにもない姪《めい》をぜひ救ってやってほしいって伝えたの。そうしたら、中村社長もすっかりその気になってね。よかったじゃない。若さと境遇が役に立って』

まったく嬉しくないが、それを口にして結婚に抵抗する意思を示すことは咲耶にはできなかった。なにを言っても、公子はこの話を進めるだろう。受け入れるしかない。

黙る咲耶をよそに、公子はさっさと段取りを整え、今日を迎えたのだ。

さっきから咲耶は寒気が止まらず、あきらかに体調が優れないのを必死にごまかしていた。もしかすると熱があるのかもしれない。

こうなった原因は、三日前に花瓶の水を浴びたからなのか。片づけを終え、離れに戻ろうとしたら雨が降っていて、追い打ちをかけるように濡《ぬ》れたのもよくなかったのかもしれない。

とはいえ熱があると訴えたとしても、公子や先方が予定を変えるわけもないだろうし、かえって罵られるだけだ。ならあとは、じっと耐えるしかない。

そのとき控室にノック音が響く。返事をする前にドアが開き、現れたのは佐知子だ。

「あら、素敵。馬子《まご》にも衣装ね。咲耶、結婚おめでとう」

まったく気持ちがこもっていない祝辞を無表情で受け取る。

誰が主役なのかと言わんばかりに真っ赤なドレスを身にまとった佐知子は、ニヤリと口角を上げた。

「よかったじゃない。身寄りがないうえ、死神にまで振られるような疫病神のあなたを妻にしたいだなんて。中村社長は懐《ふところ》が広いわね。咲耶にはもったいない人よ」

いい気味だと蔑んでいる感情を隠そうともしないが、咲耶はなにも言わなかった。頭がクラクラして声を出すのも億劫《おっくう》だ。

どうやら手筈《てはず》が整ったらしい。咲耶はゆっくりと立ち上がり、覚悟を決め控室をあとにする。佐知子に続き向かったのは、ホテル内にある料亭の一室だ。そこで先方と食事をしたあと、婚姻届を出す予定になっている。

顔合わせと結婚がほぼ同時という段取りに、公子の執念を感じた。今度は絶対に縁談をまとめる気なのだ。そこには咲耶の意思などまったく反映されていない。

「ちょっと顔色が悪いわよ。そんな顔で中村社長の前に出るつもり？」

店員に案内された個室前までやってきて、佐知子がくるりと咲耶の方へ振り返った。こんなときでも佐知子が心配するのは、咲耶自身の体調ではなく相手に与える印象だ。母である公子の影響も当然あるのだろうが、佐知子からの扱いも相当ひどいものだった。

『ちょっと顔がいいからって調子に乗らないでよね。あんたがかわいそうだから、みんな優しくしてくれるだけなのよ』

親戚付き合いは、父が亡くなるまでほぼなかった。母も亡くなって公子の家に引き取られることが決まり、佐知子と対面したときに向けられたのは、まぎれもない嫌悪と蔑みだった。

『誰のおかげで生活できていると思っているの？　私や両親にもっと感謝しなさいよ！』

ことあるごとに責められ、そう言われると咲耶はなにも返せない。同い年で従姉妹《いとこ》ではあるが、立場は最初から違っていた。

咲耶は自身に活を入れ、背筋を伸ばしまっすぐに前を見据えた。

どんな現実も運命も受け入れる。

佐知子は個室の扉を開けるよう従業員に指示をした。

「お待たせしました、中村社長」

そこには中村社長とテーブルを挟んで、伯母夫婦が座っていた。窓から見える庭園は立派で、十分な広さがあるが、この前暁と対面した部屋の面積はこの比ではなかったのを思い出す。

不意によみがえった暁との記憶を無理矢理振り払う。

「咲耶、挨拶しなさい」

佐知子に促され、恭《うやうや》しく咲耶は頭を下げた。

「此花咲耶と申します」

その姿に中村は鼻の穴を大きくし、興奮気味に声をあげる。

「これは、なんと。えらい別嬪《べっぴん》さんやな」

その顔を見た瞬間、咲耶の背中に嫌なものが走った。年齢は聞いていたが、中村はあと十歳ほど上だと言われても違和感がない。背が低く小太りで、スーツを着ているというよりは、着られている印象だ。

ひとまず中村の正面に咲耶は腰を下ろした。その途端、公子が饒舌《じょうぜつ》に語りだす。

「見た目と若さだけですよ。この子は幼くして両親を亡くし、かわいそうだからって周りが甘やかしたせいで本当に世間知らずなんです。結婚したら、いろいろと教えてやってください」

「それは不幸な人生を送ってきたんやね。同情するわ」

咲耶は視線を落とした。心臓がバクバクとうるさく、つい顔をしかめる。

中村はそんな咲耶の様子を照れているのだと勘違いしたのか、下卑《げび》た笑みを浮かべた。

「でも自分の不幸に酔ったらいかん。結婚はしてあげるけれど、それとこれとは別や」

あくまでもこの結婚はしてあげる側であり、自分の方が立場が上だという意味を込め中村は告げてきた。

咲耶の隣に座っていた佐知子がわざとらしく咲耶に寄り添う。

「憐《あわ》れな身の上なのに、中村社長に見初められて咲耶も幸せね」

かわいそう、不幸、憐れ。

投げかけられる言葉の数々に咲耶は唇を噛みしめる。胸の奥が焼けるように熱くて、湧き起こるこの感情がなんなのか、名前がつけられない。

『お前に自分の意思はないのか？』

ふと暁に投げかけられた言葉が脳内で響いた。

意思なんてない。ない方が傷つかずに済む。期待しなければ絶望もしないから、淡々と現実を受け入れるだけだ。そうやって乗り越えてきた。同じようにこれからだって……。

「中村社長。忘れないうちに先にこちらをご記入いただけますか？　咲耶の分は書いてありますので」

公子の発言で咲耶は我に返った。飲み物を注文したタイミングで公子がバッグから、ある書類を取り出す。中村の前に広げられたのは婚姻届だった。

咲耶自身は書いた覚えはなく、驚き目を見開くが、自分の欄はすべて記入されていた。

中村は嬉々《きき》として胸元からペンを取り出し、その姿を前に咲耶の心は揺れる。

（私、本当にこのままでいいの？　でも今さらここでなにを言っても……）

「咲耶」

——そのとき。扉が勢いよく開く音と、自分の名を呼ぶ声が耳に届いた。

中村の手が止まり、その場にいた全員の目が、突然現れた第三者に向けられる。

相手の姿を確認し、咲耶は息を呑んだ。

戸口には、スーツを着た青年が息急き切った様子で立っていた。すらりと背が高く、面々を見下ろす切れ長の目は漆黒で、眼差しは力強い。艶のある黒髪に、整った輪郭《りんかく》。初めて会ったときとはまるで格好が違う。しかし端整な顔立ちは目を引き、一度見たら忘れられない。

冥加暁――神族であり死神の一族の当主だ。

彼との縁談は、本人によって白紙に戻されたはずだ。どうして彼がここにいるのか。

混乱する咲耶のもとに暁は歩を進めると、腰を落として彼女の頬に手を添えた。

「こんな男と結婚なんて馬鹿な真似はよせ。俺がお前を手に入れるんだ。他の男のものになんてさせない」

真剣な面持ちの暁に咲耶の思考は停止する。自分の身に一体なにが起こっているのか。わかっているのは、暁の瞳に映る自分の姿を見つけられるほどに、彼が近くにいるということだけだ。

あのときと同じ揺らめく金色の虹彩が目に入り、暁本人なのだと実感する。

「な、なんだ。お前は！　突然」

場を壊され、中村が体を震わせ激昂する。公子も眉間に皺《しわ》を寄せ、突然現れた男に文句を言おうとした。

しかし暁は彼らを歯牙《しが》にもかけず、逆に笑顔を向ける。

「ああ、失礼。名乗るのが遅くなりました。冥加暁と申します。咲耶との結婚を希望していた者ですよ」

さらりと告げられた暁の名前に、公子や佐知子は目を見張った。

咲耶を嫁がせる予定だった相手だとしたら、噂で聞いていた容姿とはまったく違う。醜いどころか人間離れした美しさに不覚にも見惚《みと》れそうだ。

「結婚が破談になったとお伝えしたようですが、こちらの手違いだったんです。私は咲耶以外とは結婚するつもりはないので」

公子たちにきっぱりと言い切り、続けて暁は中村の方を向いた。

「残念ですが彼女は諦めてください。それ相応のお詫びはしますので」

どこまでも暁は自分のペースで話を進めていく。

一方で咲耶は呆然としたまま、いまだに状況についていけない。

「ふざけるな。俺を誰だと思っている⁉　俺はここら辺では顔の利く中村不動産を経営しているんだぞ！」

暁の発言に、中村は怒りで顔を真っ赤にして机を鳴らした。あまりの迫力に、咲耶は思わず首をすくめる。そんな彼女を守るように、暁は咲耶の肩を抱いた。

「奇遇ですね。私も会社を経営していて、それなりに顔は利くんです。Dreizehnt《ドライツェーント》, Inc.《インコーポレイテッド》というんですが」

「ドライツェーント!?」

驚きで中村が間抜けな声をあげた。他の面々も目を剥《む》き、信じられないといった表情で暁を見つめる。咲耶も同様だった。

Dreizehnt,Inc.は咲耶も知っている世界的に有名な大企業だ。金融業をメインに不動産、通信、エネルギー産業と事業分野は幅広く、その名を知らない者はいない。

「ええ。Dreizehnt,Inc.は我が冥加家が創立し、代々一族が中心となって業績を大きく伸ばしてきました。今は私が代表を務めています」

「そんな話、一度も聞いたこと……」

中村のうわ言のような呟きに、暁は律儀に答えてやる。

「その事実は公にしていませんから」

暁の回答に中村は鳩《はと》が豆鉄砲を食ったようになった。暁は咲耶の肩を抱いたまま、立つよう促す。

「あとのことは別の者が対応します」

暁の視線は、入口で待機していた男に向けられた。暁と同じくスーツに身を包み、咲耶と目が合った彼は深々とお辞儀する。

「では、咲耶との結婚についてはまた改めて」

「待ちなさい！」

その場を去ろうとする暁に公子が噛みつく。彼女も立ち上がり、暁と咲耶を睨みつけた。

「話が違うわ！　冥加家がDreizehnt, Inc.を取り仕切っているなんて聞いていないし、だったら――」

「最初の約束通り、そちらの会社の支援はしますよ。ご安心を」

さらりと公子の言葉を遮り、暁は答えた。公子にとっては、そういうことではないのだろうが、言い返せずに唇を噛みしめる。

その様子を見て、暁は体の向きを変え、静かに公子たちに向き合った。彼の視線を受けて口をつぐんだ公子に、暁はゆっくりと口を開く。

「いろいろ言いたいところですが……今まで咲耶を家に置いてもらっていたことには感謝します」

なぜ暁がお礼を言うのかと不思議に思う一方で、咲耶自身が公子たちに対する感情がそれ以上はないと気づく。続けて暁は中村が書こうとしていた婚姻届をひょいっと手に取った。

「彼女は俺のものだ。誰にも渡さない」

冷たい笑みは、残された者たちの背筋を震わせた。現れたときから温和な雰囲気を崩さなかった暁の死神としての冷酷な一面に、公子たちは押し黙る。

待機していた男と入れ違いに、暁は咲耶を連れてさっさとその場をあとにした。

ホテルの駐車場で、咲耶は見覚えのある車を視界に捉える。暁たちが近づくと、運転席のドアが突然開いた。

「暁さま、間に合ったんですね」

安堵した面持ちで暁と咲耶を出迎えたのは、如月だった。彼の視線は暁から咲耶に移る。

「咲耶さま、ご無事でなによりです。あとはこちらにすべてお任せください」

任せるもなにも、咲耶はまだ状況が理解できていない。混乱する咲耶をよそに、暁から後部座席に乗るよう促され、ためらいながらも車に乗り込む。

「あの、どうして……」

車が動き出し、咲耶はおずおずと口を開いて、隣に座る暁に視線を送った。すると暁は不敵に笑う。

「どうしてだと思う？」

質問をそのまま返され、咲耶は目をぱちくりとさせる。

まさかの切り返しだが下手に言い返したりはせず、素直に答えを考えた。

「やっぱり花嫁が必要になったんですか？」

暁自身の意思ではなく、周りの意向が強いのは聞いていた。如月もこの縁談がなくなり、相当残念がっていたのを思い出す。

「いいや」

しかし暁はあっさりと否定した。彼の顔には笑みが浮かんだままだ。

「まぁ、お前との縁談を断って、散々責められはしたが……」

苦虫を噛みつぶしたように告げるが、理由はそれではないらしい。だとしたら、どうしてこんな行動をとったのか。わざわざ他の男性との結婚を壊すような真似をしてまで。

『それは不幸な人生を送ってきたんやね。同情するわ』

『この子は幼くして両親を亡くし、かわいそうだからって』

そこでふと、咲耶は先ほど中村や公子から投げかけられた言葉を思い出し、胸が苦しくなる。唇をぐっと噛みしめ、脳裏をよぎる考えを口にするかどうか迷った。

「私が……かわいそうだから、ですか？」

車内に、震える咲耶の声が響く。

咲耶の発言が意外だったのか、暁が目を見張った。

尋ねておきながら、咲耶の心の中には後悔の渦が回りだす。自意識過剰もいいところだ。

でも暁があのタイミングで現れ、あそこまでした理由が他に思い浮かばない。

膝の上でぎゅっと握りこぶしを作る。発言を訂正すべきか悩んで、まともに暁の顔が見られなかった。

「俺に近づいてくるのは、自分のことばかりを考えている人間が多かった」

ところが、耳に届いた暁の言葉に、今度は咲耶が目を丸くする。

「縁談を持ちかけられたことも何度もある。けれど皆、損得勘定で振る舞いを変えて、こちらの立場や地位、境遇だけで好き勝手決めつける。……でもお前だけは違った」

何度も瞬きをし、ゆっくりと顔を上げて、暁を見た。彼の顔から笑みは消え、まっすぐにこちらを見据えている。おかげで咲耶は彼から目を逸らせない。

暁は距離を詰め、咲耶の左手に自分の手を重ねる。

「だから、攫《さら》いに来た。俺のものにするために」

真剣な面持ちのまま続けられた内容に、咲耶は瞬きひとつできず硬直した。その言い方だと、まるで――。

「花嫁じゃなくて、お前自身が必要なんだ」

今度は訴えかけるように告げられる。彼の手は想像以上に温かく、包み込むように大きい。伝わる体温に、咲耶の中のなにかが溶けていく。

じんわりと目の奥が熱くなり、視界が滲む。どうしたらいいのかわからず瞬きを繰り返すと、目尻から涙がこぼれ落ちた。

泣いているのだと認識して、咲耶自身が驚く。涙を流すのはいつ以来だろうか。ましてや、悲しみ以外の理由で。

「咲耶」

心配そうに名前を呼ばれ、暁の手が咲耶に伸びてくる。そっと親指で涙を拭われるのを咲耶はおとなしく受け入れた。

（私、ずっと誰かにそう言ってほしかった。必要としてほしかった。私自身を――）

自分の気持ちを整理して、心の奥底にしまっていた本音を拾い上げる。

誰かになにかを期待するなんてもうずっとしていなかったのに。まさか彼が叶《かな》えてくれるなんて夢にも思っていなかった。

わずかに気持ちが落ち着き、我に返った咲耶は、反射的に暁から離れる。触れられるのを普通に受け入れていた自分がなんだか気恥ずかしくなった。

「ありがとう、ございます」

「死神の花嫁になる覚悟はできたのか？」

お礼を告げた咲耶に、暁は余裕たっぷりに尋ねてきた。咲耶は背筋を正す。

『花嫁は虐げられ、早死するんですって』

「……はい」

咲耶は暁の目を見て、しっかりと答えた。

暁の屋敷で初めて彼と向き合ったときは、運命を受け入れる覚悟をしていたが、今は違う。暁が自分を必要としてくれる気持ちに、応えたい思いがあった。

しばしの沈黙がふたりを包み、緊張した空気が流れる。すると突然、暁が噴き出した。まったく予想していなかった彼の態度に、咲耶は面食らう。

「ど、どうして笑うんですか？」

なぜ彼がそんな反応をするのか、理解できない。けれど暁は自分の顔を手で覆い、笑いを必死にこらえている。

「あまりにもお前が深刻な顔をするものだから。……あの噂、本気で信じているのか？」

「え？」

暁の問いかけに咲耶は間抜けな声をあげた。笑いを収めた暁は、背もたれに体を預け目線を前に向ける。

「あれは、お前たち人間が死神に対してあれこれ想像して勝手に言っているだけにすぎない」

安堵するより先に、罪悪感に似た苦い気持ちが咲耶の中で広がる。死神と聞いて抱く印象はたしかにいいものではないし、鵜呑《うの》みとまではいかなくても公子や佐知子の言い分を信じていたところがあった。

「実際にどんな扱いを受けても私の決意は変わりません」

力強い声で咲耶は宣言する。噂の真偽に関係なく、咲耶の気持ちは変わらない。それを少しでも暁にわかってほしかった。

暁は咲耶の頭にそっと手をのせた。

「だったら身をもって実感すればいい。死神の花嫁はどうなるのか。本当はどんな扱いを受けるのか」

余裕のある声と表情。咲耶は暁から目を逸らさず彼を見つめる。暁の手は、頭からゆっくりと咲耶の頬に滑っていった。

「死神の花嫁になったらから不幸になったなんて、周りにもお前自身にも絶対に言わせない。わからないなら教えてやる。必ず幸せだと思わせるから」

決意の滲んだ瞳に、咲耶の涙腺が再び緩みそうになる。暁の言葉は、自分の発言を受けてなのだと悟った。

『わから、ないです。幸せとか、自分の希望とか。私は目の前の現実を受け入れるだけです』

（今、もう十分に幸せだって言ったら、彼はなんて言うのかな？）

けれど今なにかを声にしたら我慢している涙までこぼれ落ちそうで、咲耶は小さく頷くのが精いっぱいだった。

緊張の糸が切れたからか、車の心地いい振動も相まって、咲耶の瞼《まぶた》は重くなっていく。それに気づいた暁はさりげなく咲耶の肩を抱いて自分の方へ引き寄せた。

「少し眠るといい」

暁が声をかけると、咲耶は素直に彼の肩に頭を預ける。

「ありがとう」

声にならない声でお礼を告げ、咲耶はそのまま目を閉じた――。


暁が咲耶を眺めていると、しばらくして小さな寝息が彼女から聞こえてきた。

「咲耶さま、大丈夫ですか？」

ずっと安全運転に徹していた如月がバックミラー越しに尋ねてくる。もちろん咲耶本人ではなく暁に対してだ。

「大丈夫だ、よく眠っている。おそらく俺との縁談が持ち上がってから、緊張でろくに眠っていなかったんだろう」

綺麗にまとめられた咲耶の髪に触れながら暁が答えた。

厚塗りされたファンデーションでわかりづらいが、顔色があまりよくない。

きっちり施された化粧は逆に咲耶の魅力を半減させている気がするが、この髪型と着物はよく似合っている。

「しかし、暁さまが咲耶さまをやはり花嫁にするとおっしゃったときは、嬉しくもありましたが、正直驚きました。突然どうされたんです？」

如月は機嫌よく、いつもより饒舌だ。

暁はしばし返事に迷う。

「正直、花嫁や此花に興味がないのは今も変わらない」

だから咲耶に初めて出会ったときは彼女を拒んだ。

暁の回答に如月は目を剥く。

「最初は一族の思惑に乗るのも癪《しゃく》だったし、なにより無理矢理連れてこられたであろう咲耶を憐れに感じたんだ」

死神の与える印象は悪いものしかないという自覚はある。死を司っているのも事実だ。それだけで周りは好きに決めつけ、あれこれ噂しているようだが、いちいち訂正するのも面倒だった。そうやって表面的にしか見られないならそうすればいい。

咲耶に対してもそうだ。だから初めて会った際、試すような発言をした。しかし咲耶は決して怯《ひる》まなかった。

「少し脅せば怖がるか結婚が嫌だと泣きついてくるかと思ったが……実際は真逆だった」

咲耶は凛とした態度を示し、物申してきた。そこには恐怖も卑屈さも感じさせない。

それをさらに実感したのは、公園での一件だった。いつ死んでもいいと言いながら、目の前で命の灯火《ともしび》が消えそうな存在に、咲耶は真正面から必死に向き合っていた。

そんなものは無駄だと一蹴したくなった。自分の力を見せたら彼女は怯《おび》えるか、結局は死から逃れられないのだと絶望するのか。

ところが彼女は嬉しそうに笑った。

『ありがとう、優しい死神さん。今日、会えてよかったです』

初めて見る咲耶の笑顔に意表を突かれた。そんな顔もできるのかと驚く一方で、また見せてほしいと思った。この気持ちはなんなのか。

それから、まったく目を通していなかった咲耶に関する資料を読み直し、彼女の置かれている状況を知った。両親を亡くし伯母一家に引き取られたが、お世辞にも幸せとはほど遠い環境に身を置いている。こんなひどい境遇にいるなら、そこから抜け出すためにも自分と結婚した方がまだマシなのではないかと思うほどに。

伯母に脅されてこの縁談を押し付けられたのならそう言えばよかったものを。けれど咲耶は言い訳どころか同情を誘うような言葉を一切口にしなかった。暁が縁談を白紙にし、戻っていいと告げたときもだ。

『自分の運命は受け入れる、つもりです』

立派な心構えだと褒めてやるべきなのかもしれないが、そこに彼女の意思はないのだと気づいた。自身に関して、咲耶は呆れるほど諦めてしまっている。

「人間なんて皆、利己的な存在だと思っていたが、どうやら違うらしい」

咲耶は今まで出会った人間や神の誰にも似ていない、だからこそ……。

「笑ってほしいと、思ったんだ」

恐怖や憎しみばかり向けられるのが当たり前だった。死を司る神として当然だ。けれど、あのとき向けてきた咲耶の笑顔がずっと頭を離れない。初めて咲耶の感情に触れた気がした。できれば、彼女の意思でもう一度笑ってほしい。

そう願うのは傲慢《ごうまん》なのか。

「なんだ?」

聞いておいてなにも言ってこない如月に、暁はミラー越しに鋭い視線を送る。目が合った瞬間、如月は我に返った様子でにこりと微笑んだ。

「いいえ。やはり咲耶さまはあなたに必要だと思いまして。彼女の存在は、一族を納得させる以上のものを、暁さまに与えてくださると感じております。本当によかった」

目を細める如月に、暁は言い返そうとして言葉を呑み込む。代わりに目を閉じている咲耶に視線を移した。

此花家の末裔とはいえ、どこにでもいるただの少女だ。特別な感じはなにも受けない。けれど……。

「力を欲しいままにしていた先代が、どうしてただの人間である此花に力を奪われたのか、なんとなく理解できた気がするな」

ひとり言にも似た暁の呟きに、今度は如月はなにも返さず、微笑んだまま車を走らせた。


「中村社長、このたびはなんとお詫び申し上げたらいいのか……」

公子は夫と共に深々と頭を下げ、中村に謝罪の言葉を述べていた。結婚相手である咲耶があんな形で姿を消し、縁談を壊してしまった非礼を必死に詫びる。しかし中村の機嫌は上々だ。

「気にせんでええって。あのDreizehnt,Inc.相手やったら間違いない。川崎くん、ええつながりを持ったなぁ。羨ましいわ」

慰謝料という名目で想像以上の金額が冥加家から支払われることになり、また今回の件や公子の夫を通してDreizehnt,Inc.と縁ができたのは、中村にとっては大きな功績となった。咲耶との縁談がなくなったのを差し引いても十分なおつりがくる。

おかげで公子の夫も満ざらではなかった。約束通り、冥加家から十分な支援が約束され、またDreizehnt,Inc.とつながりがあるのは大きなステータスとなる。

咲耶を責める者などこの場にはいない。

しかし公子は内心腸《はらわた》が煮えくり返っていた。

(どこまでも腹立たしい……。あの女と同じね)

此花家の跡取りとして育てられた弟が結婚すると言い出した相手は、身寄りがなく生まれも曖昧《あいまい》な女性で、此花家に相応しくないと最後まで結婚を反対したのは公子だった。

咲耶の母、咲良は、サラサラの黒髪とぱっちりとした二重瞼、色白でどこか儚げな印象を抱かせる正統派の美人で、出会ったときから公子のコンプレックスを刺激した。年を重ねるごとに咲良に似ていく咲耶も同じだ。

そして弟が事故で亡くなったとき、公子にとって咲良と咲耶は決定的に憎むべき相手となった。咲良の死後、咲耶を引き取ったのも他の親戚の目があったからで、正直嫌でたまらなかったのが本音だ。

可愛《かわい》がっていた弟の娘というより、その弟を奪った女——咲良の生き写しである咲耶にいい感情など抱けるはずがない。

夫の会社が業績不振に陥り、支援者を募っていたところに冥加家が声をかけてきたのには驚いた。その条件が此花の娘との結婚というのにも。

死神の一族である冥加家の噂はいろいろと聞いている。花嫁がどんな目に遭うのかも……。しかし相手は神族で、手放すのも惜しい。そこで公子は咲耶を差し出すことを思いついた。

これで厄介者《やっかいもの》を排除できるし、夫の会社も安泰だ。咲耶がどんな目に遭おうと関係ない。むしろ不幸になればいいとさえ思う。長年の溜飲《りゅういん》をやっと下げられるのだ。

それがまさか、恐ろしく醜いと聞いていた冥加家当主があんなに若く美青年で、しかもDreizehnt,Inc.の代表を務めているなどにわかには信じられない。

挙句、咲耶を手に入れるためだけに、なんのためらいもなくとんでもない額の支払いを提示してきた。そこまでする価値が彼女にはあるのか。

公子と同じく、佐知子もこの状況に納得できていなかった。

佐知子はこっそりと奥歯を噛みしめ、咲耶の消えていった扉を睨みつける。

「絶対に認めないから」

音になるかならないかの声で彼女は呟いた。

第二章

「此花の花嫁御寮さま。ようこそ冥加家へ」

「まぁまぁ、可愛らしい御方！」

車を降り庭園を抜けるまで、両脇にずらりと人々が並び、その迫力に圧倒され咲耶はとっさに言葉が出なかった。

暁の屋敷を訪れるのは二回目になるが、前回はほぼ誰にも会わずにその広さに驚くばかりだったのに対し、今は逆に、これほど多くの人たちが、あのとき一体どこにいたのかと戸惑うばかりだ。

固まっている咲耶の肩を暁が抱き、優しく先を促す。

「心配しなくていい。皆、咲耶が来るのを楽しみにしていたんだ」

「楽、しみ……？」

予期していなかった出迎えはもちろん、暁の言葉にも咲耶は目を丸くする。

暁は否定したが、公子たちから聞いていた話などもあり、てっきり咲耶は冷たい扱いを受けるとばかり思っていた。蔑まれ、虐げられる。それでもかまわないと覚悟していたが、あまりにも真逆の状況に頭がついていかない。

けれどここでじっとしているわけにもいかず、暁と共に人々の間を通っていく。

おずおずと進み、向けられる幾多の視線をそっとうかがう。冷たさどころか、なんとなく希望に満ちあふれ、優しいものに感じられた。

和服姿の者もいれば、スーツをきっちり着こなしている者もいて、老若男女様々だ。暁が通る際には深々と頭を下げ、咲耶としては落ち着かない。しかし、暁をちらりと見上げると、彼は堂々と前を見据えていた。その風格に息を呑む。

(すごい立場の人なんだ。冥加家自体が神族の中でも特別なんだよね？)

暁の置かれている状況を目の当たりにし、自然と背筋を正す。

「暁さま、本当によかったですね」

「この日をどれほど待ちわびたことか……これで冥加家もさらに安泰です」

聞こえてくる言葉は彼の結婚を喜んでいるものばかりで、咲耶はありがたいような気恥ずかしい気持ちになる。

「咲耶、こっちだ」

無事に玄関まで辿《たど》り着き、さらに中に案内される。暁は咲耶を守るようにそばを離れない。

(今さらながら私、とんでもない相手との結婚を決めたのかも)

咲耶の心臓は早鐘を打っていた。

「とりあえず、着物を脱いだらどうだ？　それだと横にもなれないだろう」

通された和室で暁に提案される。彼の言うことはもっともだが、素直に頷けない。

「でも、あの着替えとか……」

「心配ない、用意してある。卯月《うづき》」

咲耶が目をぱちくりさせると、暁が部屋の入口に向かって誰かの名を呼んだ。

「はい、暁さま」

現れたのは、物腰柔らかそうな雰囲気の初老の女性だった。着物を着て、髪をきっちりまとめ上げているので、料亭の女将《おかみ》のような印象を受ける。

彼女は恭しく頭を下げた。

「このたびはご結婚おめでとうございます。咲耶さま、お初にお目にかかります。卯月と申します」

「はじめまして、此花咲耶です」

つられて咲耶は頭を下げる。ゆっくりと穏やかな声が耳に心地いい。卯月はにこりと微笑んだ。

「お着替え、お手伝いしますね。暁さまは部屋の外でお待ちください」

さらりと暁に出ていくよう促すが、彼は軽く頭を振った。

「いや。連中の相手をしてくる」

面倒くさそうな言い方に、卯月は暁の意図を汲んで納得した面持ちになる。

「そうですね。皆、暁さまにお祝いの言葉を述べたいようですし。本当は咲耶さまにもお会いしたいみたいですが」

暁の言う『連中』というのは、先ほど自分たちを出迎えた人々のことなのだと咲耶は悟る。そうなると今度は自身の身の振り方に迷った。まっすぐこの部屋まで連れてこられたが、先に挨拶をするべきなのではないだろうか。

「咲耶」

悩んでいるところで名前を呼ばれ、咲耶の意識は暁へ向いた。

「俺は少し席をはずすが、ここで楽に過ごしていたらいい。わからないことは卯月に聞け」

「あの、私はご挨拶とかいいんですか？」

素直に尋ねると、頭の上に手のひらがのせられた。

「かまわない。疲れているだろう。少し休め」

労《いた》わるような声色に、咲耶は反論の声を呑み込み小さく頷く。

「ありがとうございます」

疲労感が抜けず、体調がそこまでよくないのも事実だ。彼の温もりに安堵し、ここはおとなしく甘えることにする。

手のひらが離れ、そっと見上げると暁が優しく微笑んでいた。

「咲耶を頼む」

「かしこまりました」

卯月に指示し、暁は部屋から出ていく。そのうしろ姿を咲耶はじっと見送った。

「あの暁さまが、あんな優しい顔をされるなんて」

暁の気配が遠のいたタイミングで、卯月がぽつりと漏らした。そんな彼女に視線を送ると「帯をはずしますね」と告げられる。返事をする間もなく卯月は咲耶のうしろに回り込み、帯を解きにかかった。帯を強く引かれ、パリッと生地が擦れる音と共に、しっかり締めつけられていた体がわずかに楽になる。

「あの、先ほど外で出迎えてくださった方は皆さん、ここに住んでいらっしゃるんですか？」

顔を前に向けたまま咲耶は尋ねた。

「いいえ。暁さまが咲耶さまを伴侶《はんりょ》として迎えると聞き、全員ではありませんが都合のつけられる冥加家の方々が集まったんです」

「そ、そうだったんですか」

家人だけではないと聞き納得する一方で、そこまで注目されていた事実に鼓動が速くなる。対する卯月は手を動かしながら機嫌よく続けていく。

「ええ。冥加家として暁さまの結婚は念願でしたから。私みたいに冥加家に仕える者も含め、あなたさまがいらっしゃるのを心待ちにしておりましたよ」

卯月の言い分に咲耶はつい照れてしまう。暁をはじめ、こんなにも誰かに自分の存在を喜ばれたり、歓迎されたりする経験などもうずっとない。

無事に着物を脱ぎ終え、肌襦袢《はだじゅばん》一枚になった咲耶に、卯月は部屋にある箪笥《たんす》からいくつか服を取り出してきた。小花柄のシフォンワンピースや薄桃色のボリュームスリーブフレアワンピース、フリルブラウスやオフホワイトのニット、スカートも数種類あり、お店にでも来たような感覚だ。

「どれかお気に召すものはございますか？」

「あの……」

これはどうしたのか。そこまで口にしなくても、視線が物語っていたらしい。意図を汲んだ卯月が苦笑した。

「勝手ではありますが、暁さまの指示で咲耶さまのためにいくつかご用意していたんです。お気に召しませんでしたか？」

「い、いいえ。ありがとうございます！」

まさかそこまでしてくれているとは思ってもみなかった。咲耶は慌ててざっと服に目をやり、端にあったワンピースを指差す。

「あの、このワンピースをお借りしてもいいですか？」

「借りる、だなんて。すべて咲耶さまのものですよ」

卯月は優しく返し、咲耶の選んだ小花柄のワンピースを手渡した。咲耶は肌襦袢を脱ぎ、素早く着替える。袖を通したワンピースは着心地がよく、生地やつくりからかなり質のいいものなのがわかった。

「とってもお似合いですよ！　髪も触らせていただきますね」

続けて鏡台の前に座らされ、着物に合わせた髪がほどかれた。咲耶は緊張した面持ちで、鏡の中の自分を見つめる。

自分の置かれている状況を理解しているようで、まだ夢の中にいる感覚だった。

——目を開けると見慣れない天井が目に映り、咲耶はしばらくぼーっとしていた。

ゆっくりと上半身を起こすと、頭が異様に重く感じ反射的にうつむく。

（今、何時だろう？）

いつもの調子で枕元に置いてある置時計を確認しようとして、ふと気づく。ここは自分の家ではなく冥加家だ。

昨日、見合い会場に暁が現れ、そのまま彼の屋敷に連れてこられたのを思い出す。用意されていた服に着替えたあとは、卯月に屋敷の中を簡単に案内してもらい、その広さに改めて驚かされた。

気を使ってか暁が一族と会っているであろう広間には通されず、部屋に戻ってきた。そこで卯月に顔色の悪さを指摘され、咲耶は正直に休みたい旨を告げた。今ここで横になっておかないと、さらに体調を崩すのを長年の経験で察していたのもある。

卯月は早々に布団を用意し、あとは自分ですると言った咲耶の申し出を突っぱねて、休めるよう支度を整えてくれた。

慣れない環境と、今日だけで身に起きた数々の出来事に興奮し、寝つけるか不安だったが、咲耶はすぐに意識を手放せた。そして、どうやら思った以上に眠り、気づけば翌日の朝になっていたらしい。部屋の中は太陽の光が差し込み、すっかり明るい。

状況を整理し、咲耶は今度こそ飛び起きた。

体のだるさはあまり取れていないが、そんなことも言っていられない。急いで昨日のワンピースを身にまとい、手櫛《てぐし》で髪を整えて部屋を飛び出した。

「咲耶」

そのタイミングで声をかけられ、咲耶はそちらに顔を向ける。そこにはスーツを着た暁がちょうどこちらに歩いてきていた。

「体調は大丈夫か？」

「はい。ご心配おかけしてすみません。あと服を、ありがとうございます」

暁に会うのは、昨日部屋で別れて以来だ。いろいろ言いたいことや聞きたいことがあるが、まずはお礼を告げる。

「気に入ったか？」

「はい。とても」

どの洋服も可愛らしく上品な系統でまとめられていて、咲耶好みのものばかりだった。暁と会ったときは、母のおさがりのシンプルなワンピースだったのに、どこで彼は自分の好みやサイズなどを把握したのか。

疑問を口にしようとしたが、その前に暁が咲耶の髪をそっと撫《な》でた。

「ならよかった。よく似合っている」

ホッとしたような彼の表情に、咲耶の胸が自然とときめく。

「俺は仕事に向かうが、咲耶はゆっくり過ごしたらいい。朝食の準備もしてある」

「あ、ありがとうございます」

お礼を言いつつ、咲耶の中ではなにからなにまで申し訳ないという気持ちが湧き起こっていた。

「なにか困ったことや不便なことはないか？」

続けて暁に問いかけられ、咲耶は少しだけ迷う。暁の顔を見つめ、しばし間を置いてから軽くかぶりを振った。

「大丈夫です。お仕事行ってらっしゃい」

一瞬、暁はなにか言いたげな面持ちになったが、そこに卯月が現れ、ふたりの会話は終了した。

卯月と共に玄関まで暁を見送り、待機していた如月にも挨拶する。

その後、食卓へ案内され、咲耶は席へ着くよう促された。

「お手伝いします」

ただ座っているだけなのは性《しょう》に合わない。ところが立ち上がった咲耶を、卯月が素早く制する。

「咲耶さまは座っていてください。冥加家当主の花嫁さまにそのような真似はさせられません」

他の使用人と思《おぼ》しき人も何人もいて、咲耶はおとなしく再び腰を落とす。

用意された食事は和食で、ご飯にお味噌汁《みそしる》、焼き魚に卵焼き、煮びたしなどの小鉢がいくつもあり豪勢な内容だ。こんなに食べられるか不安になる量だったが、味は文句なく美味《おい》しく、適切なタイミングでお茶も注がれる。

至れり尽くせりとはこのことだが、どうも落ち着かない。広い食卓で、咲耶はひとり黙々と朝食をとった。

部屋に戻り身支度を整え、手持ち無沙汰になった咲耶は時計をちらりと見る。時刻は午前十時過ぎ。世間は春休みだが、学校を辞めさせられた自分には関係ない。その事実に切なくなる。

（勉強とか、本を読むとかしたいな）

そこで咲耶にある考えが浮かんだ。卯月を探し、声をかける。

「あの、家に荷物を取りに行ってもかまいませんか？」

「でしたら、車を出させますね」

間髪を入れずになされた卯月の返事に、咲耶は大きく首を横に振った。

「大丈夫です。あの、他にもいろいろ寄るところがありますし、帰りは荷物があるだろうからと電話をし
なかなか納得しない卯月を必死に説得し、帰りは荷物があるだろうからと電話をして迎えを呼ぶのを条件に、咲耶はひとりで外に出ることになった。

ぽかぽかと暖かく、外を歩くにはぴったりの気候だ。ひとまず最寄り駅を目指しながら、咲耶の心はわずかに沈んでいた。

(失礼、だったかな？)

ひとりで行くのを押し通したのはいいが、頑《かたく》なすぎだったかと罪悪感を覚える。

(どうしよう……難しい)

こんなふうに思うくらいなら、言われるがまま、されるがまま流された方が楽だ。

いつもそうやって過ごしてきた。

けれどそうするには、咲耶の中に大きな問題があった。

しばらく歩いていると、見覚えのある公園があった。この前、瀕死《ひんし》の状態だった子犬を見つけた場所だ。

ちらりと咲耶は中を覗《のぞ》く。

（あの子、元気かな？）

どうかそうであってほしい。そうでなくても母親のそばで穏やかな最期を迎えていてほしい。

（ここで暁さんに再会したときは、まさか彼と結婚するとは思ってもみなかったな）

暁とのやりとりを思い出し、気持ちが少しだけ前向きになる。

帰りは、ちゃんと連絡して迎えに来てもらおう。

心の中で誓って、咲耶は駅へと歩を進めた。

公共交通機関を乗り継いでやってきた伯母の家は、昨日出たばかりなのにものすごく久しぶりに感じられた。あんな別れ方をしたのもあって、妙に緊張してしまう。

とはいえ、伯母は伯父と共に仕事へ行っていて、佐知子もおそらくいないだろう。

もともと物持ちでもないので、必要最低限の荷物だけさっさとまとめてしまおうと考えながら、離れの鍵を開ける。

「え？」

中の様子を見て愕然とする。そこにはなにもなかった。机に立てかけていた教科書や本、鞄《かばん》、棚の上に置いていた写真や両親との思い出の品なども。

念のため引き出しも確認するが、中は空だった。少ない洋服も制服もない。

（もしかして処分された？）

さっと血の気が引く。けれど昨日の今日だ。

部屋の中をきょろきょろ見回し、なにげなく窓の外を見る。続けて目に入った光景に、咲耶は硬直した。

思いっきり窓を開け、外に身を乗り出す。窓の下には咲耶の私物がまるでゴミのようにそのまま放り出されていた。

慌てて外に飛び出し、山になっている私物に手を伸ばす。辺りは濡れていてなぜかすべて水浸しになっていた。

昨日から雨は降っていないはずだ。なら、これはどう考えてもわざとだろう。

近くに庭への水まき用の水道とホースがある。これを使ったのだと推測できたが、そんなことはどうでもよかった。

咲耶は水を含んで重たくなったものをひとつずつ確認して集めていく。

そのとき指先に鋭い痛みが走り、咲耶は眉をひそめた。

「痛っ」

人差し指の先にまっすぐな線ができ、そこから血がみるみる噴き出して滲んでいく。

見ると、粉々に割れた写真立てがあり、咲耶は傷を気にする間もなくそれを手に取った。

幼い頃の咲耶と両親が写っている写真が、ひび割れたガラスでよく見えない。

いつも見守ってくれていると大事に飾っていた写真だ。

あまりの状態に、さすがに胸が痛む。

「写真は……きっと大丈夫だよね？」

震える声で自分に言い聞かせる。

『なんで、こんなひどいことするの？』

母を亡くし、伯母の家に引き取られた頃、なにかと咲耶に突っかかり意地悪を繰り返す佐知子に思い切って尋ねた。感情を露わにする咲耶に対し、佐知子はまったく悪びれず小馬鹿にしたような笑みを浮かべて言った。

『ひどいこと？　むしろあんたなんか誰にも優しくしてもらう資格なんてないじゃない。この疫病神！』

佐知子の言葉に動揺し、傷つく咲耶だが、そこにさらに公子が追い打ちをかける。

『本当、存在が迷惑なんだから。なに？　同情されたいの？　かわいそうだから優しくしろって？　卑《いや》しいわねぇ』

『ちが……』

涙があふれそうになるのを必死にこらえた。泣いたらもっと嫌みを言われるのを、幼いながらにわかっていたからだ。

昔の記憶がさらに咲耶を苦しめる。思考と感情のスイッチを無理矢理切って、咲耶はひたすら水浸しの私物を仕分けていった。

持っていた袋に荷物は入りきらず、残りはそのまま手に抱える。指先はかじかみ、濡れた品々は重たく、抱えると服を濡らした。

(こんな状態でお迎えなんてお願いできないよね)

卯月に連絡すると約束したが、この姿を見られたらどう思われるか。暁にも伝わってしまう。余計な心配や迷惑をかけるわけにはいかない。

意を決し、咲耶は伯母の家の敷地を出て、行きと同じように駅に向かおうとした。

「咲耶ちゃん?」

不意に背後から名前を呼ばれ、心臓が跳ねる。振り向くと、近所に住む公子の友人、宮前《みやまえ》が訝《いぶか》しげにこちらを見ていた。

「公子さんから聞いたわよ! 咲耶ちゃん、結婚したんですって? この家を出たいからって、好きでもないお金持ちの神族のところに身売りしたって」

とんでもない内容に咲耶は目を見張る。一体、なんの話なのか。

しかし宮前は饒舌に続ける。

「そんな自暴自棄にならなくていいじゃない。苦労してきたのは理解するけれど、公子さんも佐知子ちゃんも心配して自分を責めていたわよ。人の気持ちをもっと考えたらどうなの!?」

公子伝いにあることないこと聞かされている宮前にとっては、寄り添う伯母一家に対し、咲耶は反発して問題ばかりを起こす人物だという認識なのだ。会うたびに説教じみた話をしてくる。現実は真逆だと何度か伝えても、聞く耳を持とうともしない。

今回も聞き流そうとしたが、そこにさらに第三者が割って入ってきた。

「そうなの、おばさん。咲耶は恩を仇で返す真似ばかりして、本当にどうしようもないの。相手も、お金があるだけで結婚相手が見つからないような神族なのよ！　自分がかわいそうだって売り込んだみたいだけれど、相手は咲耶じゃなくてもいいのに馬鹿よね」

口を挟んできたのは、佐知子だった。どこにいたのか、突然現れた彼女に咲耶は目を白黒させる。

佐知子は咲耶にわざとらしく詰め寄った。

「私たちが追い出したように見せたいの？　当てつけのつもり？　お金持ちだからってそれだけで愛のない結婚なんかして、どうせうまくいかず不幸になるだけなのに」

どうしてそういう話になっているのか。佐知子に同調し、宮前も怒りを含んだ表情を咲耶に向ける。

「咲耶ちゃん、なんで公子さんや佐知子ちゃんの話を聞かないの。別れることになってもここに戻ってくるなんて真似はやめなさいね。これまでも散々迷惑をかけてきたんだから」

宮前の発言に佐知子がほくそ笑んだのが咲耶の視界に映った。

言い返す気力が今の咲耶にはない。

「ご心配には及びませんよ」

そのときうしろから声が聞こえ、振り向こうとした瞬間に力強く肩を抱かれた。

一瞬、夢か幻かと疑う。しかし声も触れる温もりも本物だ。現れたのは暁だった。

「はじめまして、咲耶と結婚した冥加と申します」

朝に咲耶が見送ったときと同じくスーツを身にまとった暁が、にこやかに宮前に挨拶をする。

前触れもなく現れた美青年に、宮前は鳩が豆鉄砲を食った顔になった。咲耶の相手だと説明されたが、公子から聞いて想像していた相手とは似ても似つかず混乱しているようだ。

そんな宮前に暁は軽やかな口調で続ける。

「神族なのもあって不安にさせましたが、彼女と別れる気も手放す気もないのでご安心ください。私には咲耶が必要なんです」

臆面もなくさらりと告げる暁に、言われた咲耶はもちろん、宮前まで顔を赤らめてしまう。

「よ、よかったわね、咲耶ちゃん。心配していろいろ言ってしまったけれど、いい人じゃない。ねぇ、佐知子ちゃん？」

ぎこちなく宮前が佐知子の方を向いて話題を振る。佐知子は顔を強張らせ、そのままなにも言わず家に入っていった。

「じゃ、じゃあね、咲耶ちゃん。お幸せに」

宮前も気まずそうに、そそくさと去っていく。まるで嵐が過ぎ去ったかのような怒濤《どとう》の勢いに、咲耶は思わず脱力した。

「大丈夫か？　なんで濡れたものをそんなふうに抱えているんだ？」

暁に心配そうに問いかけられ、咲耶はすぐに答えられなかった。抱えた荷物からは水が滴っている。服も濡れているが、咲耶は気にせずぎゅっと抱きしめた。

「あの、荷物……濡らしちゃって、それで……」

たどたどしく言い訳するも、言葉が続かない。暁は咲耶の言葉と状況で察し、眉をつり上げた。

「さっきの従姉妹か？　もっと強く言うべきだったな」

顔をしかめ、あからさまに怒りを滲ませる暁に対し、咲耶は即座に首を横に振った。

「い、いいえ。大丈夫です。……あの、どうしてここに？」

話題を逸らしたいのと、気になったのもあって今度は咲耶から問いかける。すると暁は軽く前髪をかき上げた。

「お前がどうしているかと、一度卯月に電話したんだ。そうしたら、実家に荷物を取りに帰ったって聞かされ、急いで迎えに来た」

仕事中だった彼が自分のためにそこまでしてくれたのだと思うと、咲耶の心の中は嬉しさより罪悪感が募っていった。

「それは……ごめん、なさい」

「謝るな」

すぐさま返し、暁は自分のジャケットを脱いで、咲耶を包むように肩からかける。とっさに拒否しようとしたが、両手が塞がっているので無理だった。

「帰ろう、咲耶」

咲耶の持っている荷物をさりげなく暁が手に取り、反対の手で彼女の肩を抱く。促されるまま咲耶も歩きだした。

かけられたジャケットは生地の光沢や厚さから、スーツに詳しくない咲耶にも上質なものだとわかる。着ていた暁の温もりも一緒に分け与えられるような感覚だ。その反動なのか、咲耶の背中に悪寒が走り、足元がふらつきそうになった。

「咲耶？」

咲耶の異変に気づいた暁が声をかける。

「平気です」

なんでもない顔をして咲耶は答えた。懸命に足を動かし、すぐ近くに停まっていた車に辿り着く。

「咲耶さま、ご無事ですか？」

運転席から降りて、後部座席のドアを開ける如月も心配そうに咲耶に尋ねた。

「大丈夫です、すみません」

咲耶は小さく答えて、暁と共に後部座席に乗り込む。車がゆっくりと動き出すと、咲耶の中で緊張の糸がぷつんと切れる。

「次からあの家にひとりで戻るような真似はするな。用事があるなら俺か他の者が必ずついていく」

暁が冷たい声で告げてくるが、咲耶はなにも答えられない。正確にはそれどころではなかった。ゾクゾクと体が震えだす。

「咲耶？」

暁の声がすぐ隣から聞こえるのに、どこか遠くから響いてくるみたいだ。ぎゅっと目を閉じ、息を吐く。

（私、たくさんの迷惑と心配をかけたんだ）

そう思ったのと同時に、咲耶の意識はブラックアウトした。

次に咲耶が目を開けたとき、なんとなく見たことがある天井が目に映った。しかしなんだか世界が揺れてふわふわしている。体を起こしたくても起こせず、どこか夢《ゆめ》現《うつつ》だった。

(どこまでが夢で、どこまでが現実?)

今、自分の置かれている状況さえ把握できない。頭が重く考えが及ばなかった。

そのとき扉が開き、誰かがこちらに近づいてくるのがなんとなく気配だけで伝わってくる。

「起きたか?」

やってきたのは暁で、スーツではなく、初めて会ったときのように和服に身を包んでいた。

「あの……」

「熱がある。本調子じゃないところに水に濡れて、本格的に体調を崩したんだろう」

暁の分析に咲耶はぐうの音《ね》も出ない。謝りたいのに声を出すのも億劫な状況だ。

暁が咲耶のそばに腰を下ろし、ふたりの距離は必然的に縮まる。暁の表情がよく見えるようになり、なんとなく気持ちが落ち着いた。

暁は咲耶の額に張りついた前髪をそっとすくう。

「医者を呼ぶか？　薬も一応あるが」

「大、丈夫です。寝てたらよくなりますから」

暁の提案に、咲耶は小声で答えた。昔からそうだ。公子のもとで暮らし始めてから、体調が悪くなっても、めったに病院に連れていってはもらえなかった。ひたすら横になって回復を待つのみ。心配されることも、様子をうかがいに来られることもなく、ひたすら咲耶はひとりで耐えた。

その経験から答えただけだ。おそらくただの風邪で、寝ていたら治る。

『このまま死んじゃったら、お母さん、お父さんに会えるかな？』

体調も悪く精神的にも不安定になり、心細くてそんな考えが何度もよぎった。

「そう言って人間はすぐに死ぬ」

咲耶の心の中を読んだのか、絶妙なタイミングで暁が呟き、咲耶の意識は暁に向いた。痛々しそうな面持ちで自分を見つめる暁と目が合い、意図せず咲耶の口が動く。

「……死にませんよ。勝手に殺さないでください」

なんとなく軽い口ぶりで返すと、暁は虚を衝かれた顔になり、わずかに表情を緩めた。

「いつ死んでもいいんだろう？」

からかいまじりの口調に、咲耶の気持ちもかすかに和らぐ。しばらくお互いに見つめ合い、咲耶はゆっくり体を起こそうと試みた。それをすかさず暁が支える。

素直に彼に支えられ、咲耶は上半身を起こした。他人に触れられる経験などほぼない。異性どころか同性でさえもだ。それなのに、どうして暁に触れられるのを、こんなにもあっさり受け入れられるのか。

「やっぱり薬、もらえますか？」

咲耶の意外な発言に暁は目を見張る。対して、咲耶は微笑んだ。

「今死んだら、死神さんに恨まれちゃいそうですから」

そう答えてなんだかおかしさが込み上げてきそうになる。

死ぬつもりは毛頭ないが、死を司る死神が、死なないよう自分のために必死になってくれている。その状況がなんだか不思議に感じた。

すぐに薬と水が用意され、咲耶は慣れない手つきで薬を口に運んだ。舌先に苦みが広がった瞬間、水で強引に流し込む。

コップを置いてお礼を告げようとしたが、先に暁の形のいい唇が動いた。

「迷惑なのか？」

予想だにしない言葉が彼の口から飛び出し、咲耶は目をぱちくりさせた。なんの話か尋ねる前に、暁が続ける。

「卯月が、咲耶がここに来てから、なにをしても困った顔をしていると」

苦笑して告げられ、咲耶は反射的にかぶりを振った。

「そ、そんなことありません」

けれど、そう思わせてしまった自覚はある。困惑しているのも事実だ。

でもそれは迷惑だとか、そういった理由ではない。

「ごめんなさい。私……」

謝罪して、次が続かない。どう説明すればいいのか。咲耶自身、この複雑な感情をうまく伝えられない。

けれど暁は急《せ》かすことなく、咲耶の言葉を待つ姿勢をとった。そんな彼を見て、咲耶は悩んだ末に、ためらいながら正直に胸の内を明かしていく。

「どうしたらいいかわからないんです。私、優しくしてもらえるような人間じゃないから……」

『むしろあんたなんか誰にも優しくしてもらう資格なんてないじゃない』

ずっと虐げられ冷たく当たってこられたのもあり、それを当然だと思うようにしてきた。なにかを期待したら、余計につらくなる。希望も意思もいらない。

それなのに、邪険にされるのを覚悟していた冥加家では温かく迎えられ、気遣われて優しくされる。そのたびに咲耶は戸惑いを隠せないでいた。

嫌なわけではない。ただ、どう受け止めていいのかわからない。

「なので、卯月さんが悪いわけじゃ」

「咲耶」

うまく説明できないもどかしさに葛藤していると、暁から名前を呼ばれ、咲耶の意識は彼に向いた。暁はまっすぐに咲耶を見つめている。

「咲耶は俺と結婚して冥加家の一員になったんだ。俺が命じたからじゃない。ここの者は皆、咲耶を大事に思っている」

言いながら、そっと暁の手が咲耶の頬に触れた。熱があるから咲耶の体温の方が高いはずなのに、手のひらから伝わる温もりが心地いい。

「だから余計なことは考えず、素直に受け入れたらいいんだ。今日だって下手に遠慮せず声をかけてくれたらよかったんだ。あの家にひとりで向かわせたせいで、咲耶を守ってやれなかった」

切なげに顔を歪ませ告げる暁に、咲耶の気持ちが揺れる。心の奥底から湧き上がる感情が胸を締めつけ、目の奥が熱くなった。

「あの……私、お父さんとお母さんが死んじゃってから、ずっとひとりで……」

さっきは言えなかった想いが、やっと口を衝いて出る。震える声で紡ぐ咲耶に、暁は目で応えた。

「ああ」

「迷惑をかけちゃだめだって。全部、自分でなんとかしないとって思っていて」

それ以上は、声にならない。

伯母一家には冷たくあしらわれ、幼い咲耶はなぜかと疑問を抱き、何度も理由を聞こうとした。悪いところがあるのなら直したい。けれど、存在自体を否定されたらどうしようもない。そうしているうちに、諦めるのが一番だと悟った。この現状を受け入れるしかない。夢を見ても現実は変わらない。

寿命が尽きるか、大人になるのが先か。どちらにしても、明るい未来など想像できない。今を生きるだけで精いっぱいだった。

けれど暁は、咲耶が頼るのを迷惑だとは思っていない。仕事を中断されたのを怒っているわけでもない。

「っ、心配かけて……ごめんなさい」

言い切って、一度唇をぐっと噛みしめ、必死に目を見開く。けれど瞬きをした瞬間、まつ毛が濡れ、目尻から冷たいものが滑った。

暁の手まで濡らし、顔を背けたくて反射的に離れようとしたが、彼の手は咲耶の頬を包み込んだままだった。もう片方の手も反対の頬に伸ばされる。

「謝らなくていい。こちらこそ咲耶の生い立ちを考えたら、そういった考え方になってしまうのもわかりそうなのに、ちゃんと理解できていなかったな」

涙で視界は滲んでいるが、暁が苦笑したのはわかった。暁はさらに咲耶との距離を縮める。

「咲耶はもうひとりじゃない。俺たちは夫婦だ。これからは素直に甘えて頼ってほしい」

返事をしたいのに、暁の言葉にさらに涙があふれる。暁は親指で咲耶の涙を拭った。そしてわずかに頬を緩める。

「咲耶の泣き顔を見るのは、二回目だな」

改めて指摘され、咲耶の頬がかっと熱くなる。

そういえばお見合いから連れ出されたときも、車で彼と話していて涙があふれた。暁に出会ってから、驚くほど自分は涙もろくなっている。

幼い頃ならいざ知らず、もうずっと泣く行為は無駄だと思っていたのに……。感情のまま泣くなんていつ以来なのか。記憶を辿っても定かではない。

「み、見ないでください」

おそらく発熱しているせいで、感情が昂《たかぶ》りやすくなっている。咲耶は無理矢理結論づけた。

「そう言うな。なかなか愛らしいじゃないか」

うつむこうとするが、暁の手がそれを阻み叶わない。

「からかわないで！」

反射的に叫び、失礼な言い方だったかと後悔しそうになる。フォローすべきか迷っていると、暁が口角をニヤリと上げた。

「そうそう。そうやって俺の前では、ありのままの咲耶でいいんだ。遠慮も敬語も必要ない」

咲耶がなにか反応する前に、暁は咲耶のおでこに自分の額を重ねた。息遣いさえわかりそうな近さに、咲耶の鼓動が加速する。

「それから名前で呼べ。咲耶は俺の妻なんだ、わかったか？」

「……うん、暁」

ぎこちない音になりながら、彼の名を口にする。おとなしく従ったのは諦めたのではなく、暁のことを自然と受け入れられたからだ。

体も熱いけれど、心も温かい。満たされる感覚に、また涙腺が緩みそうだ。

暁はゆっくりと咲耶から離れた。

「熱があるのに長々と悪かったな。今度こそしっかり休め」

暁に促され、咲耶は横になる。再び暁を見上げる形になり、視線を送った。

「なにか欲しいものはあるか？」

天井を背景に、暁が先ほどとは打って変わって神妙な面持ちで尋ねてきた。とっさに大丈夫だと答えそうになった咲耶だが、ふと思いとどまる。

「あ、の……」

乾いた唇を動かし、目を泳がせる。しかし意を決し、そっと左手を浮かせた。

「眠るまで一緒にいてもらってもいい？」

おそるおそる口にして、緊張が走る。たったそれだけを口にするのが、咲耶にとってはものすごく勇気が必要なことだった。けれど暁は、甘えても頼ってもいいと言ってくれた。

ところが暁は目を丸くして硬直している。それを見て、咲耶は不安になった。

「い、忙しいのなら全然」

慌てて手を引っ込めようとしたが、その前に暁が咲耶の手を取った。

「わかった」

しっかりと手を握られたものの尋ねずにはいられない。

「迷惑じゃない？」

おずおずと口を開くと、暁はわずかに咲耶から視線を逸らした。

「迷惑じゃない。ただ咲耶の不意打ちに少し驚いただけだ」

ぶっきらぼうに返され、咲耶は目を瞬かせる。

（もしかして照れているのかな？）

そう考えると、笑みがこぼれそうだ。あえて指摘せず指先に力を込めると、応えるように握り返される。

「ちゃんとそばにいるから、なにも心配するな」

「うん」

ひとりじゃない。暁の手の感触、伝わる体温、すぐそばにいる気配、すべてが咲耶の心を落ち着かせ、安心感をもたらす。

咲耶は大きく息を吐いて静かに目を閉じた。

体調を崩した際、ひとりで耐えながら、このまま死んだら両親のもとにいけるのだろうかと何度も考えた。けれど今は、早くよくなりたい気持ちに包まれている。

元気になりたい。私ももっと彼を知りたい。もしできるのなら、一緒にご飯を食べたい。あの広い食卓にひとりはどうしても気後れするし、寂しさも倍増してしまう。

暁の好きな食べ物はなんだろうか。また聞いてみよう。よかったらいつか手料理を食べてほしい。自分のためだけにしか作ってこなかったが、それなりに腕に自信はある。

それから、それから……。

どれも声にならないが、こんなふうに湧き上がる感情がまだ残っていたことに咲耶は驚く。両親が亡くなったあと、自分からなにかをしたいとか思ったことは、ほとんどなかった。

ややあって、咲耶は夢の中に旅立つ。握られている手の温もりと頭を撫でられる感触がいつまでも残っていた。

翌日、咲耶が目を覚ますと薬が効いたのか熱はすっかり下がっていた。

汗をかいてすっきりした感覚がある。

暁はそばにいないが、やはり迷惑をかけてしまったのではないかと心苦しくなる。

その考えを慌てて振り払った。

同時に扉の外から声がかかり、咲耶は上半身を起こして返事をする。

「咲耶さま、体調はいかがですか？」

現れたのは卯月だ。不安そうな面持ちの彼女に、咲耶はすぐさま答える。

「大丈夫です。ご心配おかけしました」

体調だけではない、卯月にはいろいろと気を揉《も》ませてしまった。謝る咲耶に、卯月はゆっくりと近づく。

「謝らないでください。こちらこそ暁さまからお聞きしました。おつらかったですね。ですが暁さまをはじめ、私どもは皆、咲耶さまの味方であり、全力でお守りしますから」

決意の込められた声色に、卯月の本気を感じる。

「ありがとう……ございます」

こんなにも自分のために必死になってくれる人がいるなんて。これもすべて暁のおかげだ。

温かい気持ちで、咲耶は身支度を整え始める。

お風呂に入って汗を流し、用意された服に身を包む。フリルブラウスにチェックのプリーツスカートを組み合わせ、さっぱりした状態で昨日と同じ食卓に通された。

「おはよう」

ところがそこには、先に腰を下ろしている人がいた。スーツに身を包んだ暁が、読んでいた新聞を置く。

「お、おはよう」

まさか彼が待っているとは思わなかった。

「熱は？」

「もう下がったよ。大丈夫」

答えながら咲耶はテーブルを挟んで暁の前に座る。そのタイミングで朝食が運ばれ、どうも落ち着かずにその様子を見守った。

「病み上がりなんだから無理するなよ」

そこで自分だけではなく暁も今から朝食をとるのだと気づく。どう見ても咲耶より先にここに来ていた感じだったが。

もしかして……。

「待っていてくれたの？」

うかがうように尋ねると、暁は新聞を閉じ、咲耶の方を見た。

「ああ。ちなみに俺は好き嫌いはあまりないが、あえて言うなら肉より魚が好みだな。あと甘いものはあまり得意じゃない」

饒舌に続ける暁に、咲耶は目をぱちくりとさせる。

一体、どうしたのか。彼の発言の意図が読めない。

すると暁が、ニヤリと笑った。

「知りたかったんだろう？」

「え？」

暁の切り返しに咲耶は混乱した。そんな話をした覚えはないが、そう思った記憶はある。

いろいろと思い巡らせ、咲耶はひとつの結論を導き出した。

「暁は心の中が読めるの？」

なんといっても神様だ。おそるおそる問いかける咲耶とは対照的に、暁は笑みを崩さない。

「だったら便利かもしれないが、あいにくそんな力はない」

回答に安心したのと同時に、今度は違う疑問が湧いてくる。

「だったら、どうして」

「どうぞ。召し上がってください」

そこで卯月に声をかけられ、並んだ食事に意識を向ける。昨日と同じく炊き立てのご飯とお味噌汁、おかずが何品か用意されていた。

「いただきます」

咲耶は素直に手を合わせ、箸に手を伸ばす。暁も食べる姿勢をとったので、その様子を見てホッとする。

ほうれん草としめじの煮びたしを口にすると、優しい味が口の中に広がった。

「美味しい、です」

「あら、嬉しいです。暁さまは、まったく感想などおっしゃってくださらないので」

暁に視線を送りつつ、卯月が嬉しそうに告げた。

「まずかったら口にしていない」

「そういう話ではないんです」

暁が口を挟むものの、卯月は一蹴する。そのやりとりに、なんだか笑みがこぼれそうになった。

昨日の朝食ももちろん美味しかったが、今日は昨日よりもはっきりと味を感じられる。それは目の前に暁がいて、一緒に食べているこの状態がそうさせているのだと気づいた。

朝ご飯を誰かと一緒に食べるのなんて、何年ぶりだろう。

「さっきの話だが」

ふと暁が話を振ってきたので、咲耶は箸を止めた。

「読める読めない以前に、お前のは読むまでもない。全部、口にしていたからな」

「へ？」

予想外の内容に咲耶は間抜けな声をあげた。全部とは、なんのことなのか。

「手料理を披露してくれるんだろう？」

続けられた言葉でやっと理解する。どうやら昨日、暁がそばにいて横になった際、心の中で思っていたことを熱に浮かされ全部声にしていたらしい。

恥ずかしさで咲耶はとっさに首を曲げてうつむいた。

「あ、あの……」

「そうやって、これからも咲耶の希望を伝えてほしい。俺にできることはなんでもしよう」

なにかフォローしなくては、と焦る咲耶に対し暁は静かに続けた。先ほどとは違って、からかいなど一切なく彼の強い意思を感じる。

咲耶はゆっくりと頭を上げ、暁の顔を見た。そして再び箸を手に取る。

「ありがとう」

誰かの優しさをすんなり受け入れるのは、まだ難しい。けれど突っぱねるのではなく、少しずつ受け入れたい。

他愛ない会話を繰り返し、穏やかな朝食の時間は過ぎていった。


「咲耶、ちょっと俺の部屋に来てほしい」

「はい」

食事を終え、卯月たちにお礼を告げてから暁についていく。

通されたのは、咲耶に用意された部屋よりも広い一室。和室だがソファや机などが置かれ、壁一面の本棚には多くの書物が所狭しと収納されている。観葉植物が飾られ、落ち着いたライトに照らされた部屋は、厳かでモダンな雰囲気でまとめられていた。

初めてこの屋敷を訪れたときに通された部屋は、おそらく来訪者との面会のためのものなのだろう。なんとなく暁の好みが反映されていると感じられるこの空間は、間違いなく彼の私室だ。

そう思うと、ここにふたりきりでいる状況になんだか妙な緊張感を覚えた。きょろきょろと辺りを見回し、意識しないように努める。

すると突然、正面から暁に抱きしめられた。すっぽりと包み込まれる形で、腕の力はそこまで強くないが、咲耶としては驚きが隠せない。

「な、なに!?」

今まで多少なりとも接触はあったが、改めて抱きしめられると羞恥心《しゅうち》で体が熱くなる。とはいえ抵抗する気も起きず、咲耶はぎゅっと身を縮めた。

ややあって暁がそっと咲耶を解放する。どういうつもりなのかと彼を見ると、なぜか暁は眉根を寄せ、困惑めいた面持ちをしていた。

(なんで?)

「夫婦なんだから、これくらいの抱擁《ほうよう》はあってもいいんじゃないか?」

咲耶が聞こうとした瞬間、暁は余裕たっぷりに返してきた。あまりにもいつも通りの彼に、さっきの表情が見間違いではないかと思ってしまうほどだ。

「それは」

「失礼します」

言い返そうとした咲耶だが、部屋の外から声が聞こえ口をつぐむ。暁が返事をすると、中に入ってきたのは大きな袋を抱えた如月だった。

「お話し中、すみません。おはようございます、咲耶さま。昨日、持っていらしたお荷物を乾かしてまとめましたので、ご確認いただけますか？」

そこで咲耶は思い出す。昨日の出来事の発端は、伯母の家に自分の荷物を取りに行ったことだ。

「はい。ありがとうございます」

如月はテーブルの上に、咲耶の荷物を並べていった。衣類などは洗って乾かし綺麗に畳まれている。学校用品の教科書やノートなどはふやけてしまっていて、再度使うのは難しそうだ。

（学校を辞めちゃったから、もういらないかな）

なんとも言えない気持ちになりながら、荷物を仕分けつつあるものを探す。両親と幼い咲耶が写っている写真だ。あれは現物しかない。

「それから、こちら」

荷物の中を探していたら、真新しい写真立てを如月が咲耶に差し出した。桜の花があしらわれたフォトフレームに見慣れた写真が収められている。

「暁さまからのご命令で、写真立ては新しいものに換えさせていただきました」

如月の言葉に、咲耶は暁の方を見る。

「大事なのは中身なんだろう？」

「うん。暁、ありがとう。如月さんも本当にありがとうございます」

咲耶は写真立てをぎゅっと抱きしめ、暁と如月にお礼を告げる。

たしかにもともと使っていたフォトフレームは粉々になっていたので、もう使い物にはならないだろう。けれど写真のまま置いておくのではなく、咲耶が大事にしていたのを汲んでくれたのが、ありがたくて嬉しかった。また部屋に飾ろうと決意する。

「まだ残っている荷物は家の者に取りに行かせる。咲耶はもうあそこには近づくな」

「うん」

暁の申し出に頷く。荷物が全部水浸しになっていた状況を考えると、次に伯母や佐知子と顔を合わせたら、なにをされるのか。もうあの家には戻らない方がいいのかもしれない。

「ある程度は諦めて、新しいものをそろえたらいい。……それから咲耶」

「なに？」

「また学校に通う気はないか？」

暁の問いかけは、咲耶の思考を停止させた。思いもよらない提案に、すぐに反応できない。

「え？」

それはどこの学校を指しているのか。そんな初歩的な疑問が頭をよぎる。

「不本意な退学だったんだろう？　今はちょうど春休みで、ある意味タイミングもいい。ただ、通っていた高校にはあの従姉妹もいる。無理に同じ学校ではなく別の高校に編入することも可能だが、どうする？」

暁が指しているのは高校への復学なのだと悟り、嬉しさと戸惑いが複雑に絡み合う。

暁の言う通り、好きで辞めたわけではない。とはいえ……。

「もう結婚したなら保護者である伯母の許可は必要ない。根回しもこちらでしておく」

咲耶の不安を取り除くように暁は告げた。

そこまでしてもらってもいいのか。咲耶の心配はそれだけではない。もしかすると入学金が必要かもしれない。成績優秀者に与えられる学費免除の特待生制度にまた申し込めるのか。様々な思いと葛藤が胸に渦巻く。

「咲耶はどうしたいんだ？」

迷っている咲耶に、暁の鋭い問いかけが胸に刺さる。

その質問は、咲耶にとって縁遠いものだった。あの家では咲耶についてはいつも伯母に勝手に決められて、抵抗しようとしても保護者だからとすべて押し通されてきた。

でも今、判断は自分に委ねられているのだ。咲耶は意を決する。

「お願いします。学費免除の特待生制度を利用できるよう絶対に成績も落とさない。

迷惑も極力かけないと約束します。だから八榊《やさかき》学園に通わせてください」

深々と咲耶は頭を下げる。そして、昔を思い出した。高校進学の許しを公子に乞《こ》うたときも、今と同じことを告げ、必死に頭を下げたからだ。

公子は咲耶が中学を卒業したら、働いて家に金を入れるようにと言っていた。けれど当時中学三年生だった咲耶の担任が、公子に対して熱心に高校進学を勧めてくれたのだ。咲耶の成績がよかったため、外聞を多少気にした公子は渋々咲耶の高校進学を認めた。

けれど咲耶にはなにもかも最低限のものしか与えず、同じ高校に進学した佐知子との扱いは雲泥《うんでい》の差だった。それでも高校に入学できたのは嬉しかった。

走馬灯のように苦い過去が頭の中をよぎる。

あのとき、こうして頭を下げる咲耶に公子は嫌みを長々と告げ、八つ当たりのようにひどい言葉を投げかけた。

生々しい記憶がよみがえり、思わず身震いする。すると肩に温もりを感じた。

「そんなふうに気負う必要はない。こっちは咲耶の希望を叶えたいだけなんだ」

反射的に顔を上げると、暁が切なそうに訴えかけてくる。彼の思いに、咲耶のつらかった過去がわずかに溶けていく。

「同じ高校でいいのか？」

「うん。せっかく入学したから、できればちゃんと卒業したい。それに友達もいるから」

凜子の顔を思い浮かべる。佐知子の存在はたしかに気になるが、やはり慣れ親しんだあの場所で残りの高校生活を送りたい。

「ありがとう」

暁は咲耶の頭を優しく撫でた。

「ならこのあと、必要なものを買いに行こう。また高校に通うなら、いろいろと物入りだろう」

「え、でも」

暁は仕事があるのではないだろうか。昨日も仕事を抜けてわざわざ迎えに来てもらったのに、これ以上煩わせるのも気が引ける。

買い足すものもそこまで多くないので、断るべきか咲耶は迷った。

「仕事の心配はしなくていい。せっかく咲耶とデートできるチャンスなんだ。無駄にしたくない」

やや茶目っ気を含んだ言い方に、咲耶は目を丸くする。暁は意地悪そうな笑みを浮かべたままだ。

そこで妙な間が空き、暁は心配そうな面持ちになる。

「咲耶？」

不思議そうに名前を呼ばれ、咲耶ははっと我に返る。

「うん。ありがとう。忙しいのにごめんね」

「謝るな。いいから甘えておけ。お前は俺の妻なんだ」

暁の言葉にぎこちなく頷く。続けて暁に出かける支度をするよう促され、咲耶は如月に頭を下げ部屋を出ていった。


咲耶が退室したあと、暁は軽くため息をついた。あの困った表情はなにを意味していたのか。

咲耶が誰かを頼ったり甘えたりするのが苦手なのもわかっているし、長年にわたって染みついた思考は早々には変わらないだろう。

けれど少しずつでいい。咲耶に寄りかかってほしい。

他者を寄せつけないようにしていた暁だが、咲耶だけは違う。彼女は特別だ。

「咲耶さま、本当におつらい日々を過ごされていたんですね」

それまで口を挟まずにいた如月が、ふと漏らした。

「しかし暁さまと結婚され、冥加家に嫁がれたからには、これからは」

不意に如月の言葉が途絶える。暁が眉をひそめ思いつめたような面持ちをしていたからだ。

「暁さま？」

一転して、張り詰めた空気が場を包む。

暁は自分の右手をじっと見つめたあと、部屋の隅に置いてある観葉植物に手のひらを向けた。すると、青々と生い茂っていた葉が途端に色を失い、あっという間に黒く縮んで枯れていく。役割を終えたと言わんばかりに、見るに堪えない姿となった。

一瞬の出来事に、如月は息を呑む。続けてすぐに暁を見遣った。

「暁さま……」

心配まじりに名前を呼び、暁の様子をうかがう。

「ああ」

眉根を寄せたまま、暁は自分の手のひらを厳しい眼差しで見つめた。

「力が強まっている」

あふれんばかりの死神の力が、内から湧き起こるのを感じる。自分のどこにこんなものがあったのか。コントロールは可能だが、今までにない事態だ。

「やはり咲耶さまと結婚されたからでしょうか？　此花に封じられた力が戻って」

「言っただろう、力はとっくに戻っている」

如月の予想をきっぱりと否定する。とはいえ……。

「もちろん咲耶が無関係とは思わない」

暁は手を開いては握るのを繰り返し、この感覚を冷静に分析する。

「力が戻るというよりも増幅している感じに近いな」

「どちらにしても当主である暁さまの力が増すのはよいことです。今は神族として人間界で暮らしていますが、あなたは黄泉国の最高神の座に君臨せし者。人間に力を奪われたと蔑み、冥加家が弱体化したなど好き勝手言いふらしていた輩《やから》や妙な気を起こす者もこれで思い知るでしょう」

揚々と話す如月に、暁は自嘲的な笑みを浮かべた。

「どこにいても面倒なやつはいるものだな」

「敵が多い立場であるのは事実です。だからこそ咲耶さまをあなたの花嫁にする必要があった」

如月の言い分は初志貫徹していて、暁も理解している。しかし、どうしても素直に頷けず不快感が走った。

そんな理由で咲耶を求めたわけではない。力が増したこの状況はあくまでも結果にすぎず、相手が咲耶だったからこそ暁は結婚を決めたのだ。

死に誘《いざな》うと、人だけではなく神からも恐れられる〝死〟を司る神。死者が行きつく黄泉国を統べる最高神の立場も自分の宿命も、とうの昔に受け入れ理解している。

その分他の神々とは一線を画し、力は強力で、地位は高く確固たるものだった。他者の追随《ついずい》を許さない代わりに、悠久《ゆうきゅう》の孤独を背負う。それを不幸だとは思わない。もちろん幸せだとも。

そこでふと咲耶の言葉を思い出す。

『わから、ないです。幸せとか、自分の希望とか。私は目の前の現実を受け入れるだけです』

どうやら、ある意味自分は咲耶と同じらしい。そう結論づけるとなんだかおかしさが込み上げてくる。けれどただひとつ、咲耶とは違うところがあった。

『お前に自分の意思はないのか？』

咲耶を望んだのは、暁自身の意思だ。咲耶が流されるままに自分と一緒になったのだとしても。

軽く咳払《せきばら》いし、暁は話を戻した。

「おそらく咲耶本人は無自覚だろうが、彼女との接触が大きな理由だとは見ている」

咲耶がそばにいて彼女にさりげなく触れるたびに、心地よさを感じて力が安定し、増している感じがする。

それをはっきりと自覚したのは、昨日寝込んでいる咲耶の手を取ったときだ。あまりにも率直に求められ一瞬戸惑ったが、手をつないでやり咲耶が安堵した顔をした途端、暁の中から力があふれ出そうになった。驚いて咲耶を見るが、彼女に変化は見られない。

いろいろと思案し、先ほど咲耶を抱きしめてみた。するとやはり自然と力が増すの

を感じ、咲耶が原因だと確信する。

「咲耶の負担になっていなければいいんだが」

暁の力が増幅する分、咲耶はなにかを失っているのではないか。暁の心配はそこ

だった。もしかすると咲耶の体調不良もこの件が関係しているのではないかと思うと、

このままではいられない。

暁の呟きに如月は目を見張り、励ますように微笑んだ。

「この件に関しては私も少し調べてみます。今朝の咲耶さまは昨日に比べ回復されて

いるように見えましたし、咲耶さまの体調不良との因果関係について、今の段階で結

論を出すのは早計でしょう」

「わかっている」

暁はぶっきらぼうに答えた。対する如月は、顔を綻《ほころ》ばせたままだ。

「ですが、暁さまが咲耶さまを大事にし、必要とされているのを私はとても嬉しく思

います。以前の暁さまなら、咲耶さまをさっさと手放されたように思いますから」

にこやかな如月の指摘を、暁は否定できずにいた。彼の言う通り、力も戻っている

し、咲耶になにか負担を強いている可能性があるのなら、面倒だと考えさっさと彼女から離れる選択をしただろう。

けれど今、そうする可能性はない。

初めて会ったときは、咲耶も自分の周りにいる者と同じだと考えていた。

こちらの地位や立場だけであれこれ決めつけ接してくる。神族だからと擦り寄ってくる者、死神だからと恐れ慄く者。打算と欲望にまみれているのが、ありありと伝わってきて鬱陶《うっとう》しさを感じずにはいられなかった。

けれど咲耶だけは、違った。暁に対して妙な先入観を抱くことなく、まっすぐに向き合ってくる。死神だと知っていても、暁の力を見せても、咲耶自身が見て感じたことを口にする。だから彼女の言葉は素直に受け取れるのだ。

冷めているようで、自分ではない誰かのためには一生懸命な姿に心動かされる。

だから咲耶を大事にしたいと思った。

死を司るがゆえに不幸をもたらすと言われてきた冥加家の当主が、誰かを幸せにしたいなど滑稽《こっけい》かもしれない。けれど咲耶の言葉通り、彼女が必要としてくれるのなら、咲耶を幸せにするのは自分の役目だと思っている。それが容易ではないのも理解しているが覚悟の上だ。

そのために、まずは彼女に心を開いて寄り添ってもらえるよう努めなくては。

咲耶はもう用意はできただろうか。

如月に声をかけ、暁も出かける準備を始めた。

如月の運転する車の後部座席に暁と並んで座るのは、初めてではない。けれど咲耶はいつも以上に緊張していた。

なにを着ようか悩んだ結果、レース地の重なった可愛らしいデザインのブラウスに、膝下まであるレモンイエローのフレアスカートにした。

服に悩んでしまったのは、暁が〝デート〟という言葉を使ったからだ。必要最低限の服を着回す日々だった咲耶にとってファッションなど無縁で、このコーディネートが合っているのかどうかさえよくわからない。

けれど、咲耶のために用意された服は、どれも上等でセンスもよく、着心地もいい。奇抜なものではないので、そこまでおかしくはないはずだ。

「どうした？」

「ううん、なんでも」

不思議そうに隣にいる暁から声をかけられ、咲耶は慌てて首を横に振った。

（そんな深い意味なんてないよね。それこそ彼はデートとかたくさんしてきたんだろうし）

ちらりと横目で暁をうかがう。

端整な顔立ちは何度見ても見惚れてしまいそうだ。美しい美術品に心を奪われる感覚と似ている。彼が純粋な人間ではないのもきっと関係しているのだろう。

そのとき、こちらを向いた暁と不意に目が合う。心臓が小さく跳ねるのと同時に、彼は笑った。

「咲耶はなにを着ても似合うな」

悩んでいた服装について言われるとは思ってもみなかった。照れくさくなり、反射的に視線を逸らしてしまう。

「あの、初めて会ったとき、お見合いらしくない服装でごめんね」

そこで今さらながら咲耶は切り出した。

お見合いの前に、暁のもとを訪れたときの服装に、華やかさが足りていないとは思っていた。しかし着ていけそうな服があれしかなかったのだからしょうがない。

『なに、そのダサい服。ありえないでしょ。まさか喪服のつもりとか?』

けれど佐知子の言葉が棘《とげ》となって刺さっている。暁に嫌悪感や拒否感を示すために、わざとあんな格好をしたわけではない。

「気にしていない。どんな格好をしていても咲耶は咲耶だ」

さらりと返され、咲耶は再び暁を見る。

「あれ、お母さんの服だったの」

無意識に口から紡がれた内容に、暁は微笑んだ。

「そうか。大切にとっておいたんだな」

そう言って彼の手が頭に伸ばされる。

たしかにシンプルなワンピースだが、コサージュやアクセサリーをつけたら様々な場面で活用できると母が話していた。

その思いを汲んでもらえた気がして目の奥が熱くなる。

ややあって車が停まったのは、誰もが名前を知っている老舗高級百貨店の前だった。咲耶でさえ外観には見覚えがあるが中に入ったことはない。ましてや買い物など、一生縁がないと思っていた。

如月にお礼を告げ、暁と共に中へと足を踏み入れる。外の喧騒《けんそう》とは一転して、高級感のある落ち着いた雰囲気に、咲耶は緊張で顔を強張らせた。

「なにが欲しい?」

しかし暁はいつもの調子で咲耶に尋ねてくる。

「文具を少しだけそろえたいの」

おずおずと答えると暁は咲耶の肩を抱き、歩を進める。頭に入れてきた買わなくてはならないもののリストは、あっさり消えてしまいそうだった。

一通りの買い物を終える頃には、疲労感がどっと押し寄せる。これはどう考えても場所に対する気疲れだ。

百貨店で扱っている商品はどれも高級なものばかりで、咲耶は目眩《めまい》を起こしそうになった。

分不相応だと思いつつ暁に促され必要なものを選んだのだが、会計などはいつの間にか暁が済ませてしまい、咲耶の出る幕はない。

それでも咲耶の意思を尊重してくれる彼のおかげで、好みのものを選べた。その間、気を張っていたのも事実だ。

「ありがとう。ずっと大事に使うね」

「気負うな。咲耶が気に入ったらそれでいいんだ」

目的を達成し、わずかな安堵感に包まれて百貨店を出た。そのタイミングで暁のスマホが鳴る。

「ここで少し待っていてくれないか？」

相手を確認し暁が告げる。やや険しい表情からして、もしかすると仕事の連絡かもしれない。

「うん。私は大丈夫だから」

咲耶の言葉を受け、暁は複雑そうな面持ちで電話に出て場所を移動していく。

彼の背中を見送り、咲耶は大きく息を吐いた。

(もしかして、やっぱり無理させちゃったのかな?)

心配しなくていいと言われたが、まったくなにも感じないほど咲耶も鈍くない。ましてやデートどころかただ買い物に付き合わせているだけなのだ。

百貨店のすぐそばに駅があり、入口前の通りを多くの人が行き交っている。今日は春の陽気を通り越して暑いくらいで、半袖の人も中にはいた。仕事中のサラリーマンや、春休み中だからか学生の姿も多い。カップルもたくさんいて、手をつないだり腕を組んだり、皆幸せそうだ。

(デートってあんな感じを言うんだよね)

その考えを慌てて打ち消す。暁との結婚を決めて、大事にされている自覚はあるがお互いに恋をして好き合っているカップルとはまた別だ。

道行く人々をぼーっと眺めていると、その中である光景が目に留まった。

「あれ?」

人ごみの中で、五歳くらいの女の子が泣きそうな表情でうろうろしている。人の流れに逆らい行ったり来たりしているので、咲耶は思い切って人波をかき分け女の子に近づいた。

「大丈夫？」

「お母、さん」

急に話しかけられて驚いたのか、それとも緊張が緩んだのか、涙をぼろぼろこぼし始める女の子に、咲耶は腰を屈《かが》めて目線を合わせた。

「お母さんとはぐれちゃったの？」

咲耶の問いかけに女の子はこくりと頷く。そして大きな瞳からさらに涙があふれた。

「泣かないで。お母さんもきっと探しているよ」

高い位置でふたつにくくった髪はおそらく母親が結ったのだろう。とりあえず近くの交番か、そばの駅の駅員に事情を話すかで咲耶は迷った。どっちみちここには置いておけない。

「お母さんと会えるから心配しないでね」

泣き続ける女の子を励まし、ひとまず移動しようかと考えたときだった。

「真美《まみ》」

切羽詰まった声で、名前が呼ばれる。それに反応したのは女の子が先だった。

「お母さん！」

どうやら女児の母親らしい。女性は咲耶たちのもとに駆け寄ってきて、すぐさま女の子を抱きしめた。彼女も泣きそうな顔をしている。

「すみません。ありがとうございました」

それから女児の母親に何度も頭を下げられ、逆に恐縮する。お礼を言われるほどのことはしていない。

「ばいばーい」

すっかり機嫌の戻った女児が手を振ってきたので、咲耶も振り返した。

(よかった。お母さんと会えて)

ホッとして咲耶はもといた場所に足を向ける。

(私も戻らないと)

足を動かしながら、昔の記憶がよみがえってくる。

咲耶もあれくらいの年の頃、両親と出かけたテーマパークで迷子になった。うろうろして心細くて泣いていたところ、父親に見つけられことなきを得たが、さっきの母親と同じく母は咲耶の顔を見るなり泣き崩れた。

『よかった、咲耶。本当に』

『手を離しちゃだめだよ、咲耶。あと迷子になったら動かない。絶対にお父さんかお母さんが探して迎えに行くから』

父の教えに素直に頷き、それから咲耶は言いつけをしっかり守った。

(でも、今の私にはあんなふうに探して迎えに来てくれる存在は……)

「咲耶」

名前を呼ばれたのと同時に腕を引かれ、あまりの不意打ちに思わずバランスを崩しそうになる。すぐさま抱きしめられ転びはしないものの、状況に頭がついていかない。

「よかった。なにかあったのかと……」

息急き切った声が降ってきて咲耶は目を瞬かせた。

「ご、ごめんなさい。あの」

暁が自分を探していたと悟り反射的に口を開く。けれど続きは言えなかった。

「悪かった。咲耶をひとりにして」

力強く抱きしめられ、後悔するような物言いに胸が締めつけられる。暁は悪くないはずだ。

「違うの、私が勝手に約束の場所から離れたから」

腕の中で小さく言い返すと、回されていた腕の力が緩み、顔を覗き込まれる。心配そうな表情が咲耶の目に映った。

「でもなにか事情があったんだろ?」

どう考えても、言いつけを破って場所を離れた自分が悪いのに、暁は一方的に責めるような真似はしない。

視線が交わり、暁は咲耶のおでこに自分の額を重ねてきた。

「見つけられてよかった」

心底安心したのが伝わってくる。

そこで咲耶は、再度謝ろうとした言葉を呑み込んだ。

「ありがとう。探して、迎えに来てくれて」

変に取り繕わず、素直な気持ちを伝える。すると暁は目を細め、ゆるやかに口角を上げた。

「心細かったのか？」

「うん、すごく」

からかいを含んだ問いかけに、咲耶は正直に答える。あまりにも迷いのない返答に、逆に暁は虚を衝かれた顔になった。

「だったら離れないように、ちゃんと捕まえておく」

そう言って咲耶の手を取る。

伝わる温もりと指先に込められた力に、咲耶は泣きそうになった。

(だって、私を迎えに来てくれる人なんてもう誰もいないと思っていたから)

奥底にしまっていた思いがあふれそうになる。離れたくないからこの手を握っていたい。

しばらく手を引かれる形だったが、暁が歩調を緩めたので咲耶は彼のうしろではなく横に並ぶ。

（もしかして合わせてくれているのかな？）

自然と笑顔がこぼれる。さっきまで曇っていた胸の中が嘘《うそ》のように今は晴れ渡っていた。

それからふたりで昼食をとり、暁に付き合ってほしいと言われた場所についていく。

用事を済ませ、行きと同じく如月の運転する車に乗って帰路についた。

「使いこなせるかな？」

「女子高生の台詞《せりふ》とは思えないな」

真っ新のスマートホンをまじまじと見つめ呟くと、すかさず隣からツッコミを入れられる。

「だ、だって使ったことないから」

慌てて弁明するが、正直自信がない。

暁に連れていかれた先は、大手通信会社の携帯電話を販売する店舗だった。まさか自分のスマホを契約するためとは思わず、暁の目的を聞いたときは驚きを隠せなかった。

『この前も思ったが、すぐに連絡が取れないのはなにかと不便だろう』

〝この前〟というのは咲耶が荷物を取りに行ったときのことだろう。

咲耶は一度も携帯電話の類《たぐい》を持ったことがない。未成年の契約には保護者の同意が必要だったし、咲耶自身がそこまで欲しいとも思っていなかったからだ。

「それに、今までそんな連絡をとる相手もいなかったし」

苦笑しつつ咲耶は続ける。

連絡先を聞かれた凛子には驚かれたが、学校で会えていたから不便は感じなかった。この前も、必要なら公衆電話まで歩こうと思っていたのだ。

でもたしかに、今日みたいな事態に見舞われたら必要かもしれない。

「だったら、仕事から帰る前に毎日連絡を入れるようにする」

スマホに慣れるためなのか、必要性を感じてほしいからなのか。どちらにしろそこまでしてもらわなくてもかまわない。

「い、いいよ。そんな」

「咲耶に心細い思いをさせたくないんだ」

やんわり断ろうとしたらきっぱりとした声で返される。

「あれは……」

あのときだけだ、と言いそうになったが暁の真剣な表情に口をつぐんだ。

公子や佐知子から存在を否定され続け、人の善意や優しさをなかなか素直に受け取れない性格になってしまった。迷惑や負担になるのでは、と不安でたまらない。

でも……。

『咲耶はもうひとりじゃない。俺たちは夫婦だ。これからは素直に甘えて頼ってほしい』

暁の言葉を思い出し、咲耶は自分の中にある本音と向き合う。そして意を決した。

「無理は、しないでね」

まだ完全に甘えるのは難しいかもしれないが、彼の気持ちも自分の思いも少しずつでいいから大切にしたい。受け入れたい。

ドキドキしながら答えると、暁は嬉しそうに微笑み、咲耶の頭を撫でた。

「ああ、咲耶もな」

暁の笑顔にどぎまぎしながら、咲耶もつられて笑顔になった。


(まさか学校にまた通えることになるなんて思いもしなかったな)

買い物から帰ってきて、自室で休憩しながら朝の暁とのやりとりを思い出す。

突然の申し出に驚きはしたが、高校の件だけじゃない。不器用で、どこか意地悪なところもあるが……いつだって暁の優しさは本物だ。

(それにしても、どうして私にこんなによくしてくれるんだろう?)

そのとき「失礼します」と部屋の外から声がかかる。返事をすると卯月が顔を出した。

「おかえりなさいませ、咲耶さま。お夕飯は暁さまをお待ちになりますか？　それとも先に召し上がりますか？」

卯月の問いかけに、できれば暁を待つ旨を伝える。

帰宅してすぐに、暁は会社に行ってしまった。やはり忙しかったのだろう。

そこで、ふと咲耶の頭にある考えが浮かんだ。

「あの、卯月さん」

続けられた咲耶の言葉に、卯月は目を丸くした。

「今日は付き合わせたな」

如月の運転する車の後部座席から暁は声をかけた。咲耶と共に帰宅したが、どうしても一度会社に行かなくてはならなくなり、さすがに振り回しすぎたかと労《ねぎら》う。

「いいえ。私は自分の仕事をしたまでです。暁さまや咲耶さまのためならなんなりとお申しつけください」

バックミラー越しに如月が微笑む。一方で、暁の面差しはどこか浮かない。

「どうされました？」

心配して尋ねると、暁は苦々しく笑った。

「いや。焦りは禁物だとわかっているが、なかなか難しいな」

朝からふたりのやりとりを見守っていた如月は、暁の言いたい内容を汲みフォローを入れる。

「仕方がありませんよ。慎ましく遠慮深いところが咲耶さまのよさでもありますから」

これまで自分に近づいてきた人間とはまるで真逆だ。そういった部分も含め、咲耶に惹《ひ》かれているのだからしょうがなくもある。

「咲耶になにかしてやりたいと思うのは傲慢か？」

困らせたり、余計な負担になったりするのは本意じゃない。けれど今日も気を使ってほしくなくてデートだと口にして誘ってみたが、咲耶はあきらかに戸惑っていた。

「暁さまのお気持ちは咲耶さまにきちんと伝わっていますよ。それに黄泉国の最高神が傲慢ではなくてどうします？　慈愛や博愛は他の神の務めでしょう」

暁自身のままでいいのだという如月の励ましに、虚を衝かれる。しかしややあって笑みがこぼれそうになった。

「そうだな」

今までの自分なら、こんな些細《ささい》なことで揺れ動くなど考えられない。他人に興味もないし、ましてや相手にどう思われるのかなんて。

つくづく自分にとって咲耶は特別なのだと思い知るばかりだ。

急いで仕事を終わらせた暁は、逸る気持ちを抑えつつ屋敷へ戻った。こんなにも早く帰りたいと思ったのは初めてかもしれない。

「おかえりなさいませ、暁さま」

多くの使用人たちに出迎えられ、暁はネクタイを緩めながら自室に着替えに向かう。

「咲耶は？」

ここ数日、帰宅してから暁が開口一番に尋ねることだ。さっき別れたばかりだから聞くまでもないかもしれないが、なぜかすぐに返事がない。いつもはなんなく咲耶の現状を答える使用人が、どういうわけか歯切れ悪そうに言いよどんでいる。

「どうした？」

まさか咲耶になにかあったのか。

暁の迫力に圧《お》され、使用人はぎこちなく続ける。

「それがですね……」

食堂にやってきた暁の姿を見つけ、咲耶は笑顔を向ける。

「なにをしている？」

暁の問いかけに対し、咲耶とは対照的に卯月の顔色は青くなった。

「暁さま、これは」

「卯月さんにお願いして、料理を教えてもらっていたの！」

状況を察した咲耶が卯月を庇《かば》うように告げる。

卯月に夕飯の支度を手伝わせてほしいと言ったとき、『咲耶さまにそんな真似はさせられません！』とすぐさま拒否された。そこをどうしてもと頼み込んだのは咲耶だ。

もともと、すべてをひとりでこなしてきた身としては、ここでの暮らしは時間を持て余してしまう。なにより、してもらってばかりなのはどうも落ち着かない。

「お母さんに教えてもらってからは、ずっと自己流だったから……」

言い訳するように咲耶は補足する。父が亡くなり母とふたりになってから、なんとか母を助けようと咲耶は料理をするようになった。母に習ったレシピは大切だが、できれば冥加家の基本的な味付けや、暁の好みの味も知りたいと思ったのだ。

それでも暁が許可しないと言うのであれば、咲耶はおとなしく従うつもりでいた。

暁は咲耶を見遣ったあと、卯月に視線を戻した。

「咲耶が望むようにしてやってくれ」

「かしこまりました」

卯月は深々と頭を下げながら安堵の息をこぼす。一方、咲耶はぱっと顔を明るくさせた。

「ありがとう。絶対に邪魔しないようにするから」

「そういう心配をしているわけじゃない」

暁は呆れた口調で返す。

その後、ふたりで夕飯の席に着き、咲耶は改めて買い物の件についてお礼を告げる。

「今日は本当にありがとう。疲れていない？」

一日自分の用事に付き合わせた挙句、仕事に戻っていった暁を心配する。しかし暁は涼しげな表情だ。

「これくらいなんでもない」

そこで間が空き、沈黙がふたりを包む。

一緒に食べてほしいと咲耶から希望したものの、なにを話していいのか困ってしまう。昼食のときは、このあとの予定や買い物についてなどの話題があったからそこまで気を張らなかったが、そもそも咲耶は誰かと食事をするのに慣れていない。

学校では凛子と昼食を共にしたりもするが、そもそも凛子が相手の場合、咲耶はほぼ聞き役だったり、凛子から話題を振られたりすることが多かった。

対して、どう考えても暁はおしゃべりなタイプではないし、咲耶も話し上手で話題豊富な方だとは言えない。

（どうしよう……）

この状況が居たたまれなくなり、せっかくの料理の味がわからなくなりそうだ。暁はどう思っているのか。

こっそりうかがうと、暁は特段変わった様子もなく食べ進めている。

(あれ?)

咲耶が不思議に思っていると、不意に暁と視線が交わった。

「咲耶はどれを手伝ったんだ?」

「あ、ぶり大根とお吸い物」

驚く間もなく反射的に答える。すると暁は汁椀《しるわん》に口をつけた。

「なるほどな」

「なにか変!?」

妙に納得した面持ちで告げられ、心臓がドキリとする。しかし暁は小さく笑った。

「いいや、うまいよ」

からかわれたのか、なんなのか。追及したい気持ちを抑え、咲耶は箸を動かす。

(うん、美味しい。お母さんの作り方とちょっと違っていたけれど、この味も好き)

食べながらふと、先ほどまでの緊張がなくなっていることに気づいた。いつの間にか、ごく自然に食事を楽しんでいる。

それと同時に、ひとりではない、同じものを食べて分かち合っている相手がいる安心感が、たしかにある。

（そっか、無理して会話しなくてもいいんだ）

暁を前に、なにかを話さないといけないと思っていた。けれど、気を張る必要はない。こうやって一緒に過ごすこと自体が大事なのだと思う。

「ぶり大根……今度は、私がお母さんから教わったレシピで作ってみてもいい？」

意識せずとも言葉が咲耶の口から漏れた。このぶり大根も十分に美味しいし、不満はない。ただなんとなく、母の味を暁にも食べてほしいと思ったのだ。

「それは楽しみだな」

暁の答えに、咲耶は嬉しくなる。

「うん。それも美味しいから」

ひとりの時間が長すぎたのは、きっと暁も同じだろう。でも互いに必要としているなら、少しずつでも歩み寄れたらいい。

咲耶は温かい気持ちで食事を終えた。

（今は春休みで時間があるから、二年生の復習をしっかりして、できれば三年生の予習もしよう。今日買ってもらった新しい辞書は明日には届くかな？）

お風呂を済ませ自室でくつろぎながら、これからの予定を頭の中で立てていく。

ふと買ってもらったばかりのスマホが目に入った。とりあえず暁の連絡先と冥加家にある固定電話の番号は登録したが、操作はそれだけしかしていない。

(写真とかも撮れるんだよね)

そっとスマホを手に取ると、メッセージを受信していることに気づく。携帯電話会社の案内かなにかだろうかと思ったら、まさかの暁からだった。

咲耶は急いでメッセージを開封する。

【今から戻る】

たった一文、それだけ。受信日時を見ると夕飯の前で、どうやら仕事が終わったときにわざわざ送ってくれたらしい。

『だったら、仕事から帰る前に毎日連絡を入れるようにする』

(律儀に守ってくれたんだ。真面目というか、なんというか)

くすぐったくて笑みがこぼれる。

「咲耶さま」

部屋にノックと小さな声が響き、咲耶は慌てて扉を開ける。そこには卯月の姿があった。

「卯月さん、お風呂先にありがとうございました」

頭を下げる咲耶に、卯月はにこりと微笑む。

「どうぞ、暁さまのお部屋へ」

なにか用事だろうか。とくに気には留めず、咲耶は頷く。

「あ……はい」

とりあえずメッセージのお礼を言おうと、咲耶は暁の部屋を目指した。

風呂上がりの体はほかほかして、髪の毛もほんのり湿っている。

伯母の家の離れは、お湯もぬるく、水自体がよく止まっていた。だからゆったり湯船に浸《つ》かるのさえ慣れず、贅沢《ぜいたく》に感じてしまう。

暁の部屋の前で立ち止まり、咲耶は無意識に手櫛で髪を梳《と》いた。

「咲耶です」

夜なので小さな声でもよく響く。中から返事があり、咲耶は扉を開けた。

暁はなにかの書物に目を通しているところで、咲耶に視線を移した。薄い浴衣のような夜着を身にまとっていて、どうやら彼も寝支度を整えたところらしい。

白色ではなく暖色系の灯《あか》りに照らされた室内は、彼の妖艶《ようえん》な美しさを際立たせている。怖いくらい整っている顔立ちは、神族だからなのもあるだろう。

普通の人間ではないと実感する反面、無防備な姿は貴重で、少しだけホッとする。

「どうしたの？」

平静を装い、咲耶は尋ねた。

「咲耶に伝えておきたいことがある」

分厚い本を置き、暁は立ち上がって咲耶のそばにやってくる。つられて咲耶も中に歩を進め、彼との距離を縮めた。

この部屋で暁とふたりきりになるのは今日で二回目なのに、朝とはまったく雰囲気が違っていて、咲耶の鼓動はずっと速い。改めて一体なにを言われるのか。

「婚姻届は無事に受理されたそうだ」

続けられた暁の言葉に、咲耶は目を丸くする。

「え?」

すぐには理解できなかった。自分はなにもしていないのにどうやって、と思ったが、公子が中村と結婚させるために咲耶の欄だけ記入した婚姻届を用意していたのを思い出す。あれをたしか彼は持って帰っていた。

硬直したままの咲耶に、暁はわずかに不安げな面持ちになる。

「提出する前に咲耶に確認を取っておくべきだったか?」

「あ、ううん!」

今度はすぐさま答えたが、咲耶の中ではやはりどこか現実味がない。もともと暁と結婚するつもりでここにやってきたし、むしろすっかり彼の妻として扱われていた。けれど咲耶自身が婚姻届に記名していないのもあって、本当に彼と結婚したのか、不思議だ。

（そっか。私はもう此花咲耶じゃないんだ……よね？）

なんとも言えない寂しさを感じるのは、彼に失礼だろうか。

「学校では名字を変えず、今まで通り此花のままで通学するといい」

不安を見透かされたのかと思い、一瞬ドキリとする。だから念のために咲耶は暁に伺いを立てる。

「いいの？」

「かまわない」

咲耶としては此花を名乗れるのはありがたいが、素直に安堵していいものか。

「咲耶が俺の妻になった事実は変わらないからな」

さらりと付け足され、わずかに動揺する。どんな状況も受け入れてきた咲耶だが、いざ誰かと結婚して夫婦になって、なにも感じないほど鈍くはない。

ましてや黄泉国の最高神であり、死神と呼ばれる暁と結婚したのだ。

（すごい人でもあり、神様なんだよね）

そこで暁と視線が交わり、咲耶はとっさに逸らしてしまった。

「あの、これからよろしくお願いします」

頭を下げて告げたものの、具体的にどうすればいいのかわからないのだが。

「あと、帰るってメッセージありがとう。ごめんね。気づいてなくて」

「ああ。無事に届いていたならいいさ」

そこで会話は終わる。

さっきから落ち着かず、胸が苦しい。ひとまず暁が伝えたかったであろう報告を受けたので、用事は終わったのだ。部屋へ戻るべきだと咲耶は踵を返そうとした。

「卯月がどうして咲耶をここに呼んだと思う？」

ところが不意に暁に尋ねられ、咲耶は彼の方に向き直った。

「結婚の報告を聞くため？」

咲耶は素直に答えた。しかし暁は正解とも不正解とも言わず、なにも答えない。

「他にもなにかあるの？」

妙な沈黙にわけがわからず、咲耶は首を傾《かし》げた。

「ちょっとこっちに来てくれないか？」

ややあって暁は咲耶を小さく手招きした。彼の意図が読めず、混乱しながらも咲耶は暁に近づく。

「どうしたの？」

「行けばわかる」

暁がさらに部屋の奥に向かうので、おとなしくついていった。

そのとき、あるものが咲耶の目に留まる。

「ここに置いてあった植物、朝と変えた？」

「ああ」

「やっぱり。朝、見たものと違う気がしたから」

気のせいではなかったらしい。暁はちらりと新しい観葉植物に目をやりながら、咲耶を奥に案内した。

「こっちだ」

部屋に合わせた灰色がかったお洒落《しゃれ》なふすまに手をかけ、ゆっくりと開ける。

「まだ部屋があったんだね」

どこまで広いのかと驚き、感想を漏らすと、目の前の光景に咲耶は硬直した。

そこには布団が二組、旅館さながらに綺麗に敷かれている。これを見て、まったく状況が理解できないほど咲耶も幼くはない。

「えっと……」

とはいえ、暁はどういうつもりなのか。

慌てて彼を見ると、暁は口角を上げ妖しく笑った。

「結婚したなら、夫婦として閨《ねや》を共にするべきじゃないか？」

うしろから背中をどんっと押されたような衝撃を受ける。結婚したのだから暁の言い分は至極真っ当だ。なにを求められるのか、結婚とはどういうものなのか、咲耶だって頭ではわかっていた。能天気に過ごしていたわけじゃない。

けれどいざその場面となり、なにも感じずにいられるほどには大人ではない。

ひとつだけ確実なのは、この状況に対して、咲耶自身がなにか物申す立場でもなければ、拒否できる権利もないということだ。

「わかりました、従います」

消え入りそうな声で答える。目線を落とし、暁の反応を待った。

ここからどうなるのか。どっちみち自分は、ただ受け入れるだけだ。

ぐっと唇を噛みしめていると、頬に指の感触がある。思わず目をつむり身構えてしまった咲耶だが、次の瞬間、軽く両頬をつままれていた。

「新婚初夜に、花嫁がなんて顔をしているんだ」

軽快な口調で告げてから手を離した暁に、咲耶はとっさに謝罪の言葉を述べる。

「ご、ごめんなさい」

失礼な態度だったと焦るが、暁に怒っている様子はない。むしろ優しく微笑んでいた。

「謝るな。心配しなくても取って食ったりしないさ」

その言い方が穏やかで、張り詰めていた咲耶の気が少しだけ緩む。

「咲耶の意思を無視する真似はしない。言っただろう、必ず幸せだと思わせるって」

忘れていない。暁が中村との見合いの席から咲耶を連れ出したときのことだ。

『わからないなら教えてやる。必ず幸せだと思わせるから』

暁はたしかにそう言った。自分にはもったいない言葉だと思ったのに、真面目に守ろうとする彼の思いが伝わってきて、咲耶の胸がじんわりと温かくなる。

「あの、私……平気です」

意を決して、咲耶は告げた。具体的になにが平気なのかは、うまく説明できない。ただ少しでも暁の気持ちに応えたくなった。

すると暁は、今度は咲耶の頬に手を添え、こつんと額を重ねてきた。暗く深い夜を思わせる瞳に吸い込まれそうだ。

「説得力がなさすぎだ。敬語に戻っておいてよく言う」

思わぬ指摘に咲耶も驚く。緊張と自分を律しようとしたせいか、つい敬語になっていた。

どう取り繕えばいいのか狼狽《うろた》える咲耶の頬を、暁はそっと撫でる。

「驚かせたな。部屋まで送る」

そう言って離れようとした暁に、あれこれ考える間もなく咲耶は返す。

「ここで寝てもいい？」

今度は、暁が虚を衝かれた顔になった。咲耶は必死に言葉を紡いでいく。

「あの、お布団二組あるし。一緒の部屋で寝るだけなら……」

「無理する必要はない」

短く返す暁に、咲耶は自分の心と向き合う。

咲耶にとっては慣れない行為だった。気持ちはいつだって押し殺すのが当たり前で、どこまでもあと回しにするものだったから。

けれど暁は、咲耶の意思を尊重しようとしている。

「無理していない。結婚したんだから……」

そこまで聞いて暁は眉をひそめる。結婚を理由にするなど本末転倒だと思われただろうか。しかし暁が口を開く前に咲耶が続ける。

「あなたを、暁を知りたい。自分の……旦那さまのことだもん。少しでもいいから一緒に過ごしたい」

さっきまでのぎこちなさは消え、咲耶の声には力強さが込められていた。

咲耶としても、最初はどんな状況でも受け入れるべきだと自身に言い聞かせていたが、今は少しだけ違っている。暁と過ごしたいと思うのは、咲耶の意思だ。

今度は暁からすぐに返事がない。自分の希望を口にして、相手からの反応を待つのがこんなにも怖くて緊張するものだと咲耶は知らなかった。

（ど、どうしよう。やっぱり部屋まで送るって言われて素直に従うべきだったの？）

伏し目がちになり、瞬きを繰り返す。

次の瞬間、咲耶は暁に抱きしめられていた。

朝よりもお互いに薄着の分、回された腕の逞《たくま》しさや体温などがはっきりと伝わり、咲耶の心臓は早鐘を打ち始める。

「体調に変わりないか？」

「う、うん」

このタイミングで体調を気遣われるとは思わなかった。もうすっかり回復したが、そこまで心配をかけてしまっていたのだとしたら申し訳ない。

暁は静かに腕の力を緩める。

「横になるか。また風邪を引かせても困る」

彼の提案に、咲耶は小さく頷いた。


さっきから衣擦れの音ひとつで心臓が跳ねる。灯りの落とされた部屋で、真新しいシーツの感触に、咲耶は必要以上に身構えていた。

別々とはいえ、すぐ隣に暁がいると意識したら、睡魔など降りてくるはずもない。

何度も寝返りを打ち、落ち着く体勢を探していると、隣から声がかかる。

「眠れないのか？」

咲耶はゆっくりと体ごと暁の方を向いた。自然とお互いに向き合う姿勢になる。

「神様も眠るの？」

そもそも暁はどうなのか。ふと湧いた疑問を口にしたら、目の前の男は口角を上げた。

「眠るさ。ただし人間より格段に短くてもかまわないし、逆にかなり長い間眠る必要がある者もいる」

「ふーん」

少し意外だ。考えてみれば、暁は食事もとっている。

「神とはいえ人間界で暮らす身だからな」

なにげない呟きが、咲耶の中で引っかかった。それはどういう意味なのか。煩わしさからか、すべてを受け入れた諦めか。

妙なざわつきは、暁の手が咲耶の頭に触れた途端、止まった。

「ここでの生活は気に入っている。神としての力が劣るわけでもないし、なにより咲耶と出会えたんだ」

気と使わせたのかと疑う余地さえない。穏やかな表情と声色で続けられ、目の奥がじんわりと熱くなる。

「ありがとう」

彼にとって、そこまで自分が価値のある人間だとは思えない。けれど、今は暁の言葉を素直に信じたかった。

そこで咲耶は彼に言いたかったことを思い出す。

「あの、今日はデートできなくてごめんね」

「……どういう意味だ？」

咲耶の謝罪に暁は不思議そうな面持ちになった。改めて問いかけられ咲耶は気まずそうに続ける。

「だって、デートっていっても、私の用事に付き合わせたばかりでそれらしいことはなにもできなくて、だから……」

「咲耶の言うデートってどんなものなんだ？」

しどろもどろに説明していると、暁が尋ねてくる。おかげで思考を急いで切り換えなくてはならなかった。

デートとはどんなものなのか。今日、行き交う人々の中で幸せそうにしていたカップルを何組か思い出す。

「えっと、待ち合わせして出かけたりする……のかな。公園とか映画館とか？」

とはいえあくまでも想像で、実際のところはわからない。口にしながら、気まずさでふいっと暁から視線を逸らした。

「わからないよ。私、デートとかしたことないもん」

開き直って答え、枕に顔をうずめる。暁の手が離れ、その体勢と恥ずかしさも相まって息が詰まりそうだ。

同級生からも、付き合っている話はよく聞く。放課後や休みの日に出かけ、楽しく過ごしているらしい。ただ、咲耶には無縁のことだった。

「だから俺がデートだって言ったとき、困った顔をしていたのか？」

暁の問いかけに、咲耶はこくりと頷いた。

デートと聞いてもどんなことをするのか想像もできず、けれどそう言ってもらえて少なからず嬉しかった。

でも今日一日を振り返ると、きっと世間一般に言うデートとはほど遠いもので、暁はそれでよかったのだろうかと少しだけ引っかかっていた。さらにはその件をわざわざ口にして、なんだか情けない。

「俺は咲耶とふたりで出かけていたらデートだと思っている」

凛とした声が咲耶の耳に届き、再び大きな手のひらが頭の上にのせられたのを感じる。おずおずと顔を横にずらすと、暁は穏やかに笑っていた。

「今度は待ち合わせをして、どこかに行こう。咲耶の行きたいところをまた教えてほしい」

その表情に心が揺れ、胸が詰まる。

「うん」

小声でそう答えるのが精いっぱいだった。お風呂から出てそれなりに時間は経《た》っているのに、心なしか顔も体も熱い。

(これじゃ、寝られないよ……)

そう思っていたが、彼に触れられたからか、他愛ないやりとりをしたからか。ふっと心が軽くなり、ややあって瞼が重くなってきた。

(眠るまで撫でていてくれないかな)

そんな些細な願いさえ、咲耶にとっては口にするのが難しい。

眠りに誘われそうになりながら、暁をうかがう。すると彼は先ほどとは違い、どことなく不安げな面持ちをしていた。

(なんでそんな顔をするの? 触れてもらえて嬉しいのに、安心するのに……)

暁は違うのだろうか。直接聞いてみようとしたが、声にならない。意識が遠のく感覚に逆らえそうもなかった。

少しだけ暁を知ることができて、近づけた気がした。けれど、やはりまだまだ遠くて、彼がわからない。

それはきっと暁が神族だからだとか、そういった問題だけではない気がした。

（結、婚……した…のに）

思考はそこで途切れ、今度こそ咲耶は夢の世界に旅立つ。暁の手は咲耶に触れたままだった。

第三章

新年度となり、各教室の前には新しいクラスの名簿が張り出されている。咲耶はドキドキしながら他の生徒にまぎれて自分の名前を探した。

紺色のブレザーに赤いチェックのスカートとリボン。再びこの制服を着られるなんて、一ヶ月前には想像もしていなかった。

何組になったのか以前に、本当に自分の名前があるかどうか半信半疑だ。ここに自分がいてもいいのかどうかさえまだ自信が持てない。

しかしC組の名簿に〝此花咲耶〟とあるのを発見し、咲耶はそっと安堵の息を漏らした。

「咲耶！」

名前を呼ばれそちらを向こうとしたら、左腕に両腕が絡み、ぎゅっと力が込められる。

「嬉しい。嘘みたい！」

「凛子」

今にも泣きだしそうな顔をしている凛子が駆け寄ってきて、咲耶に身を寄せていた。

肩より少し長めの髪は緩く巻いて、少しだけ茶色に染めている。やや派手な印象を受ける凛子と、控えめでおとなしそうな咲耶は見た目こそ対照的だが、親友だった。

退学することは凛子にしか伝えていなかったので、彼女にはとても心配をかけたと後悔している。

凛子の連絡先は知っていたので、三年生から学校に通えることになったとあらかじめ報告していたが、凛子も咲耶の姿を見るまでは信じられなかったようだ。

「同じクラスなのも最高！　本当によかった」

凛子と共に、咲耶は教室に入る。

佐知子はA組に名前があったので、クラスが別々なのは正直ありがたかった。できれば彼女とは関わりたくないのが本音だ。

咲耶の通う私立八榊学園は全国的にも有名で、一流の教育と学校設備が整っている。幼稚園から初等部、中等部、高等部、大学とあり、通っている生徒は、親が大手企業の社長、政治家や医師、官僚など財政的にも環境的にも恵まれている場合が多く、神族も言わずもがなだ。

ただしそれなりの授業料がかかり、進学するには試験が必須なので、外部から受験をして高等部に入学する者が一定数いる。

八榊学園に通う者にとって大事なのは〝卒業生〟となることだ。名だたる卒業生を輩出し、OB・OG・保護者からなる八榊会の持つ力は、日本の未来を決めるとさえ言われていた。この八榊会とのつながりを欲し、子どもを八榊学園に入学させる親もいる。佐知子もそうで、彼女の高等部からの入学は両親の意向が大きい。

また、八榊学園は純粋に優秀な者へも門戸が開かれている。

成績優秀者への入学金や授業料の全額免除、制服や学術用品の支援などが他校よりも手厚い。高等部への入学試験の結果で決まる特待生枠、その一枠か二枠しかないところに全国から多数の応募がある。それを咲耶は見事に勝ち取った。

特待生はある意味特別な存在で、色眼鏡で見られるのも珍しくはないが、自分から特待生だと言わない限り知られることはない。

しかし、一年生のときに同じクラスとなった佐知子が咲耶の境遇や特待生であることと、さらには根も葉もない悪口まで言いふらし、咲耶はクラスで浮いた存在になってしまった。

結果的に嫌がらせや冷たい言葉を時折浴びせられながら、咲耶は孤独な学校生活をスタートさせた。そんな中で唯一、咲耶に声をかけてくれたのが凛子だった。

『ね、この前も成績一位だったよね？　勉強のコツとかあるの？』

当時はクラスが違っていたが、張り出された成績表で咲耶のクラスを確認し、わざわざ訪ねてきたのだ。

凛子は咲耶の境遇を気にもしないし、咲耶もまた凛子の家族事情については一切聞かない。そうやってふたりは友達になった。

「え、嘘!?　あのDreizehnt,Inc.の代表が?」

「う、うん」

昼休み、誰もいない第二演習室で咲耶はこれまでの事情を凛子に説明した。

咲耶の結婚した相手は凛子に告げていた通り、死神と恐れられている冥加家当主であること。しかし事前に聞かされていたのは根も葉もない噂で、実際はとてもよくしてもらっていて、こうして再び学校に通えるようになったのだと説明する。

そんな凛子が真っ先に食いついたのは、暁がDreizehnt,Inc.の代表だという事実だ。

「私も全然知らなくて」

おずおずと告げる咲耶に、凛子は勢いよく机を鳴らした。

「それはそうよ!　Dreizehnt,Inc.は世界的に名を轟《とどろ》かせる大手グループ会社なのに、代表はもちろん主要な経営陣はすべて謎に包まれていて、いろいろな噂が飛びかっているの!　神族ではないかとずっと言われてはいたけれど……まさか咲耶の結婚相手で死神だなんて、いろいろと結びつかないんだけれど?」

混乱気味の凛子に苦笑しつつ、そういった情報に詳しい彼女を純粋にすごいと感じた。そして、こういうときに嫌でも住んでいる世界が違うと思い知らされる。凛子とも、暁ともだ。

(こればかりはしょうがないよね)

少しだけ落ち込みそうになった咲耶に、凛子はとびきりの笑顔を向けてきた。

「まさか死神として恐れられる冥加家が取り仕切っていたなんて。咲耶、すごい相手と結婚したんだ。これで変な連中に好き勝手言われる心配もないね」

「あ、あの。でもね、Dreizehnt,Inc.と冥加家のつながりは黙っていてほしいの」

安堵する凛子に水を差すようで申し訳ないが、咲耶は慌てて補足する。

凛子は何度も瞬きを繰り返し、信じられないといった面持ちで咲耶を見つめた。マスカラを塗ったまつ毛が上下に大きく揺れる。

「なんで？　今まで咲耶のことを見下して、あからさまに失礼な態度をとってきたやつらを黙らせられるよ！　Dreizehnt,Inc.とのつながりなんて、八榊会の会員でさえなかなか機会がなくて、喉から手が出るほど欲しい人がいっぱいいるのに……」

そうかもしれない。けれどあくまでも凛子は例外であり特別で、結婚したとはいえ、暁の事情を勝手に誰彼かまわず自分の口から言うべきではないと思った。

中村との見合いの席で、暁はさらっと自分の立場を告げたが、伯母夫妻も中村もDreizehnt,Inc.は知っていても、冥加家が経営しているとは知らなかった。

公にしていないのは、おそらく事情があるからだろう。あのときは自分のせいで無理をさせたのかもしれない。

「でもね、私自身はなにも変わっていないから。それなのに、結婚した相手のことで態度を変えられるのは違う気がして……」

　特待生だから、家柄が釣り合わないから。努力ではどうしようもできない育った環境や境遇であれこれ言われる経験を咲耶は嫌というほどしている。

　それを聞いて、凛子も気まずそうに目を伏せた。

「ごめん。そうだよね、家柄や自分の親の職業で偉そうにしたり、そういうことだけで相手を判断する連中と同じ土俵に立っちゃだめだよね」

「そんな。謝らないでよ。凛子の気持ちはわかっているから。私のためにありがとう」

　神妙な面持ちの凛子に咲耶は感情的にすぐさま返す。すると凛子はまっすぐに咲耶を見つめ、身を乗り出してきた。

「そうよ！　咲耶はさ、頭もよくて、優しくて、美人で控えめで、自活もできる！　私の自慢の親友なの！」

「凛子……」

　ストレートな褒め言葉に乗せられた凛子の思いに心が温かくなる。

　凛子はさらに早口で捲《まく》し立てていく。

「たしかに結婚相手の経歴や家柄を自分のことのように自慢したりするのは違うと思うよ？　でも死神とはいえ神族の中では地位も高く、実はDreizehnt,Inc.の代表も務めていて、優しくて咲耶を大事にしてくれる。おまけにイケメンなんでしょ？　そんな彼に結婚相手として選ばれたのは、咲耶が素敵だからだよ。咲耶の実力なの。もっと胸張って。すごいって」

凛子の気迫に咲耶は眉尻を下げる。

これまでクラスは違っていたし、凛子はピアノを習っていてレッスンに忙しく、そこまで長い時間を一緒過ごしてきたわけではない。それでも育んできた友情は本物だ。

凛子がいなかったら、咲耶の高校生活はもっとつらいものになっていただろう。

「むしろさ、私は咲耶の旦那さまに、『あなた、咲耶と結婚できて、ものすごく幸せなんですよ！』って言ってやりたいわ」

「ありがとう」

下手に否定せず、凛子の言葉を受け取る。

凛子はいつも持ち歩いているお気に入りのマイボトルに口をつけた。さっきから話すのに夢中で、箸が動いていない。

校内には食堂とカフェテリアがいくつかあり、購買も充実している。

咲耶は特待生として校内で使えるミールカードを支給されていたが、可能な日は夕飯の残りなどを詰めて弁当を持ってきていた。対する凛子は購買で好きなものを買うのが定番で、今日は季節限定の桜弁当《さくらべんとう》を選んでいる。

学校に通うことが決まり、昼食はどうしようかと思っていたら、今朝卯月が手作りの弁当を用意してくれていた。

必要だとは一言も言っていなかったのに、と驚く咲耶に卯月は微笑んだ。

『暁さまから聞きました。遠慮せずおっしゃってくだされればよかったのに……』

責めるというより少し寂しそうな卯月に、咲耶はなんと返すべきなのか迷った。しかしその間に、卯月は再び笑顔を向けてきた。

『どうか素敵な学校生活を送れますように』

『あ、ありがとうございます』

弁当を受け取りながら、慣れないやりとりに咲耶は不思議な感覚になった。誰かに弁当を作ってもらうなどそれこそ母が入院する前が最後で、もうずっと経験していなかった。

『今度、咲耶さまの好きなお料理や味付けなど教えてくださいね』

迷惑どころか嬉しそうな顔をしている卯月に、咲耶はぎこちなく頷いた。

お弁当に入っていたのは、朝食の内容とはまた違う、卵焼きやきんぴらごぼうなどで、見た目も味も申し分ない。誰かに作ってもらえた嬉しさで、お腹だけではなく心も満たされていく。

これも全部暁の計らいなのだと思うと、申し訳ないような、ありがたいような気持ちになった。

正直にそう伝えたら、彼は『申し訳なく思う必要なんてない』とやや怒った顔をするに違いない。そこまで想像できるほどには暁との距離が縮んだ気がする。

暁は今朝、仕事の関係で先に家を出たが、婚姻届が受理されたあの日から、咲耶は暁の部屋で共に寝ているので、寝るときの挨拶は欠かさず交わせている。

最初は緊張するばかりだったが、少しずつ慣れていった。『おやすみ』を言える相手がいるのは、なんだかくすぐったい。もうずっと忘れていた、誰かがそばにいる安心感を彼は与えてくれる。

「で、どうなの？　新婚生活は？」

「え？」

不意に話題を振られ、我に返った咲耶は目を瞬かせた。逆に凛子の目は爛々《らんらん》としている。

「咲耶の話だと相当なイケメンみたいじゃん。やっぱり噂ってあてにならないのね。……ね、写真とかないの？」

急に世俗的な話題になり、咲耶は答えに困った。もちろん暁の写真など持っているわけもなく、ないと回答したら、凛子はわざとらしく肩を落とす。

「じゃ、今度撮ってきて！　せっかくスマホも持つようになったんだし。咲耶の旦那さま、見たーい。毎日、どんなふうに愛されてるの？」

「愛されてるって……」

遠慮なく尋ねてくる凛子に、咲耶はかつてないほど歯切れが悪くなった。両親が亡くなってからもうずっと、咲耶にとって愛など縁遠いものだった。

一方、凛子の調子は止まらない。

「それにしても咲耶が人妻か。この場合は神妻？　彼氏とか恋愛の気配がまったくなかったのに、大人の階段を一気に上っちゃって」

「そ、そんなことないよ！」

凛子がどんな想像しているのかはわからないが、おそらくどれも実態とは一致していない。しかし咲耶の否定などものともせず、凛子は目を細めて、わざとらしく自分の口元に手をやった。

「またまたー。夫婦の寝室は一緒なんでしょ？」

「うん」

またもや間髪を入れない咲耶の返答だったが、今回は凛子を硬直させた。まじまじと見つめてくる凛子に、咲耶は自身の発言を急いで補足する。

「でも、それだけ。同じ部屋だけれど別々の布団だし、なにもないよ！」

「なにもって……」

フォローしたつもりが、凛子の顔はどういうわけか渋くなる。その理由が咲耶にはわからない。混乱して口ごもる咲耶に、凜子はおもむろに口を開く。

「キスくらいしたんでしょ？」

「し、していない」

続けられた質問に、咲耶は面食らう。即座に否定して、自分はこういった話題がとことん苦手なのだと実感する。とはいえ変にごまかしたわけではなく事実だ。

凜子をうかがうと茶目っ気はすっかり鳴りを潜め、複雑そうな面持ちでこちらを見ていたので、逆に不安になりそうだ。つい咲耶から尋ねる。

「だめ、かな？」

「だめではないと思うよ。無理強いする男なんて最悪だし。ただ、咲耶は彼のことどう思っているの？」

凜子の問いかけに心が揺れる。まさかそんな質問をされるとは思ってもみなかった。明確な答えなど持ち合わせておらず、なにも返せない。

咲耶は懸命に自身に問いかける。

優しくて、でもたまに意地悪で、暁がそばにいると安心する。たとえ不幸になっても、寿命が縮んだとしても、そばにいると決意した。今もその気持ちに変わりはない。

それはどうして？

「最初は家のための政略結婚として咲耶は受け入れたんでしょ？　でも今、話を聞いたら相手は想像とは違っていて、咲耶を大切にしてくれているみたいだし、咲耶も幸せそうだから」

動揺する咲耶をフォローするように凜子は言い聞かせていく。

「少しでも好きって気持ちがどっちにもあるなら、それなりの関係を築いているのかなーって。でも咲耶の気持ちがはっきりしていないなら、私が余計な口出しすることじゃなかったね。ごめん」

「謝らないで。そう……だよね」

凜子の指摘に咲耶は小さく頷いた。

「あ、そうそう。話変わるけれど新しく来た赤石《あかいし》先生、超かっこよくない？」

打って変わって明るいトーンで凜子は切り出す。今日始業式が行われ、新しく赴任してきた教師の紹介があった。そのとき一際目立つ存在がいたのを思い出す。

「若い先生だったよね」

おそらく二十代だろう。眼鏡をかけていて穏やかそのもので、背が高く顔立ちもなかなか整っていた。彼の紹介のときに女子がざわめいたので印象に残っている。

「ね。あれは絶対本気で狙う女子がいると思う。物理頑張ろうかな」

担任は持たず、専門教科は物理だと言っていた。凜子は物理を専攻していたので、とくに注目しているのだろう。

そこで昼休みが残り十分なのに気づき、咲耶と凛子は慌てて昼食を食べ進める。

「同じクラスだし、これからいっぱい話そうね」

「うん」

諦めていた高校生活がまた始まるのだ。勉強もしっかり頑張らなくては。

決意を固めながら、凛子に言われた言葉がずっと離れずにいた。


(私は、暁をどう思っているんだろう?)

放課後、いつもなら図書室に寄るのが定番だが、今日はおとなしく帰路につく。以前と違い、暁の家は学校からわりと距離があった。

朝は送っていくという申し出を断り、道を確認したいのもあって公共交通機関と徒歩で登校したが、到着が始業時間ギリギリになってしまったので、明日はもっと早くに家を出ようと決意する。

風に乗って桜の花びらが運ばれる。ピンク色に染まった木々にところどころ緑が見え隠れし、季節の移り変わりを感じさせる。

(だいぶ暖かくなったもんね)

「ねぇ」

ふと声をかけられ視線を上げると、数人の女子がコソコソと笑いながら咲耶を見ていた。向けられる眼差しや雰囲気はおよそ好意的なものではなく、咲耶は内心でため息をつく。

「佐知子に聞いたんだけれど、あなた、どこかの神族と結婚したって本当？」

こうやって絡まれるのは初めてではない。憂さ晴らしか、暇つぶしか。佐知子が好き勝手言いふらしているのと、特待生という立場も相まって、入学してしばらくした頃からこうやって言いがかりをつけられるようになった。

最初は真面目に反論したりしていた咲耶だが、次第にそれは無駄だと悟った。無視しない程度に聞き流すのが最善だ。

「どんなもの好きよ。神族なのに縁談でわざわざあなたを選ぶって。よっぽど落ちぶれてるか、見た目が残念なわけ？」

探りを入れるような物言いに、咲耶は少しだけ理解する。

神族が持つ影響力や地位から、彼らとつながりを持ちたいと願う人間は多い。神族と聞くだけで結婚を望む者もたくさんいる。八榊学園に通う生徒の家ならなおのことだ。だからこそ咲耶が神族と結婚したなど信じられないし、情報が欲しいのだろう。

「お金のために身売りしたって本当？　いくら神族とはいえ、私には絶対無理。ありえない」

「やっぱり貧しく育ったら性格歪むんだ。佐知子を差し置いてってことは、相手は貧乏神？」

小馬鹿にした言い方にもうひとりが相づちを打つ。

「疫病神じゃない？　ほら、類は友を呼ぶって言うし」

そこでどっと場が湧いた。両親が亡くなったのも含め、咲耶のせいで周りが不幸になっていると煽《あお》っているのは佐知子だ。

反応を示さない咲耶に痺《しび》れを切らしたひとりが、つっかかってくる。

「なに、その態度？　感謝しなよ。あんたがここに通えているのは私たちのおかげなんだから！」

その台詞を聞くのはもう何度目か。

私立なので、特待生の学費は八榊会からの寄付などでまかなわれている。つまり彼女たちの両親も少なからず出資していることになるが、だからといって彼女たちからあれこれ言われる筋合いはない。特待生として要件はきちんと満たし、十分な成績を収めている。

そう説明しても火に油を注ぐだけなのも咲耶はわかっていた。

ただ、受け入れるだけ。

反応を示さず彼女たちの横を通ろうとした咲耶に、女生徒たちの苛立《いらだ》ちは増していく。

「佐知子の言う通り、この恥知らず。身のほどもわきまえず図々《ずうずう》しいのよ！」

「どうせ結婚した神族だって、たいした地位もないんでしょ？　お金を積まないと結婚できないくらいなんだから」

咲耶の前を阻むように取り囲み、早口で捲し立てていく。咲耶は足を止め、ちらりと彼女たちを見た。

まっすぐな咲耶の眼差しに気まずさを感じたのか、ひとりが眉をつり上げる。

「なに、その目？　事実じゃない！」

激昂する女生徒に、咲耶がぎこちなく口を開こうとしたとき。

「咲耶さま」

男性の声で名前を呼ばれ、咲耶を含め一同の注目が集中する。

「お迎えに上がりました。遅くなってしまい申し訳ありません」

恭しく頭を下げたのは二十代後半くらいの若い男性で、そばに女性もひとりいた。

ふたりともスーツを身にまとい、端整な顔立ちをしている。

なんとなく男性の方は見覚えがあるが、間違いなく初対面だ。

驚いて目を瞬かせるのは、咲耶だけではない。とんでもなく美形な若い男女の登場に、女生徒たちは呆然とした。そんな彼女たちを尻目に、女性の方が咲耶のもとに歩み寄る。

「暁さまから仰せつかり参りました。久々の学校、お疲れでしょう？」

「そ、そんな。わざわざ……」

暁の名前が出たのでおそらく関係者なのだろう。慌てる咲耶の荷物を男性がさらりと受け取り、女性が続ける。

「あの方は本当に咲耶さまが大切なんです。私たちにとっても咲耶さまは大事な御方ですから」

微笑まれ、咲耶の胸は苦しくなる。暁からはもちろん、自分はそんなふうに思ってもらってもいい存在なのだろうか。

気づけば、校門近くとはいえ、咲耶たちは過ぎゆく生徒たちの注目を浴びていた。

「さあ。参りましょう」

「はい。ありがとうございます」

意志の強そうな笑顔につられて素直に頷く。

女性に促され、咲耶は女生徒たちの方を見ることなくその場から離れていった。

その場には、咲耶を迎えに来た男と女性生徒たちだけになる。

ひとりの女子が悔しまぎれに咲耶の背中に向かってなにか言おうとしたのを、男がにこりと笑って遮った。

「お嬢さん方、口は慎んだ方がいいですよ。あなたたちをここに通わせてくださっているご両親の泣き顔を見たくはないでしょう」

「なっ」

笑顔とは裏腹に、吐き出された言葉は辛辣《しんらつ》だった。とっさに意味が理解できず、彼女たちは顔を歪める。

しかし男はまったく意に介さず、すっと冷めた表情になった。

「咲耶さまとあなたたちでは格が違うと言っているんです。我が一族を敵に回したら、この学校を退学するどころか一家が路頭に迷いますよ。慈悲とはほど遠い神族なので」

容赦《ようしゃ》のない言い方に、女生徒たちは押し黙った。それを見て、男は温和な笑みを浮かべる。

「どうぞお忘れなく。では失礼」

彼女たちにも送迎をしてくれる者はいるが、咲耶を迎えに来たふたりは身につけているものや、立ち振る舞いなどからして、あきらかに自分たちの家柄より立派で影響力があると悟った。それがわからないほど彼女たちも鈍くはない。

咲耶たちが乗り込んだ車も、高級車の特別仕様だ。校門の横に設けられた送迎用の駐車場に停められた車の中で一際存在感を放っている。

「なによ、あれ……」

「どこの神族よ？」

咲耶たちの姿が見えなくなり、口々に不満を漏らすが、まったくすっきりしない。

佐知子から聞いていた話と違うではないか。

頭のよさしか取り柄がないくせに、と家柄もうしろ盾もない咲耶を常に見下していた。そんな咲耶が自分たちより幸せになることは、プライドが許さなかった。

「はじめまして、咲耶さま。ご挨拶が遅くなりました。千早《ちはや》と申します」

集団から離れたところで、女性は名乗った。

咲耶も名乗るべきかと迷ったが、相手はもう知っているらしい。

落ち着いた茶色い髪はうしろでひとつに束ねられ、背中まで届くほどだ。サラサラの髪が揺れ、千早はにこりと微笑む。

「もうひとり一緒にいた者の名は雪景。暁さまと同じく私たちも神族です。以後、お見知りおきを」

そこで雪景がやってきたので、全員で車に乗り込む。

「迎えに来ていただいてありがとうございます」

後部座席に座り、咲耶は改めてお礼を告げる。千早は助手席に座り、運転は雪景だ。

彼はバックミラー越しに咲耶を見遣る。

「いいえ。連絡もせずに突然すみません。……ですが、来て正解でしたね」

「いつもあんなふうに？」

さらに千早が問いかけてきた。なにを、とあえて尋ねるほどでもない。咲耶はすぐさま否定する。

「違います。たまたま……」

「でしたら暁さまと結婚されたことで、なにか？」

さらにかぶせられた質問に、咲耶は今度こそ感情を露わにした。

「いいえ！　彼は関係ありません」

思わず大きな声を出してしまい、すぐさま口をつぐむ。膝の上に置いていた手をぎゅっと握った。

「このこと、暁さんには黙っていてもらえませんか？」

一瞬の間が空き、咲耶の口から紡がれた言葉に、雪景も千早もすぐに反応できなかった。ふたりは顔を見合わせ、千早が咲耶を見た。

「ですが」

「お願いします。私、また学校に通えて本当に嬉しいんです。……だから余計な心配をかけたくなくて」

すべてが穏やかで楽しい学校生活とはいかなくても、勉強が好きで、凛子もいる。

大学進学も目指していた。一度は諦めなくてはいけないと思った道を再び照らしてくれた暁には、感謝している。

「それに、彼女たちの私に関する指摘は、ある意味、事実といいますか」

『感謝しなよ。あんたがここに通えているのは私たちのおかげなんだから！』

それを持ち出されると、なにも言えなくなる。凛子を含め、八榊学園に通う生徒とは住む世界や育ってきた環境がなにもかも違うのは嫌というほど思い知ってきた。だから下手に言い返さなかったが、自分のせいで暁まで悪く言われるのは申し訳ないしつらい。

「事実なら、なにを言っても、言われてもいいんですか？」

凛とした雪景の声で、咲耶は頭を上げた。助手席の千早が振り向き、労わるような表情で咲耶と目を合わせた。

「咲耶さま。あなたは誰に対しても、なにもうしろめたさを感じる必要はないんです。暁さまはもちろん私たちは皆、あなたの味方ですから」

「……ありがとうございます」

卯月にも同じようなことを言われたのを思い出す。冥加家の優しさに触れるたびに、彼らが死神というだけで謂《いわ》れのない言葉を浴びせられてきたのだと、少しだけ切なくなる。

暁もずっと傷ついてきたのだろうか。

「やはりあそこで堂々と死神です、と言うべきでしたかね？　少し悩んだんですよ。なんならDreizehnt,Inc.で八榊学園の経営権を買うなどはどうでしょう？　それなら咲耶さまに文句どころか下手な口をきける者はいなくなりますし」

冗談か本気か。さも名案と言わんばかりに雪景が軽い口調で提案してきた。咲耶と千早の目が点になる。

「そ、それはさすがに」

「暁さまに提案したら本気で実行するかもしれないから、言わないでおきなさい」

狼狽える咲耶と真面目に返す千早、ふたりの反応が対照的で、ややあって車の中は笑いに包まれた。

暁の屋敷に戻り、咲耶は卯月を探す。まずは彼女にお礼を伝えたい。

「卯月さん、お弁当ありがとうございます！」

駆け足でやってきた咲耶に、卯月は微笑む。

「お口に合いましたか？」

「はい。きんぴらごぼうの味付け、ぜひ教えてください」

「まぁ。そんなたいしたものではありませんよ」

照れくさそうに口元を覆う卯月に、咲耶も笑う。弁当の感想を伝えるなど何年ぶりか。

自室に戻り制服から私服に着替え、咲耶は学校で配られた新しい教科書やプリント類に目を通していく。新学期は特別な高揚感があった。

改めて今晩、暁にお礼を伝えようと決意する。おそらく久々の学校生活はどうだったのか尋ねられるだろう。

咲耶はふと帰りの一件について思い出す。雪景や千早は黙っていてくれるだろうか。胸がチクリと痛む。

余計なことは言わない。自分が受け止めればいいだけ。そう思ってやり過ごしてきた。でも暁と結婚してそれが正しいのかわからなくなるときがある。

『咲耶はもうひとりじゃない。俺たちは夫婦だ。これからは素直に甘えて頼ってほしい』

その言葉だけで十分だ。ひとりじゃないと思える心強さがたしかにあるから。

「学校はどうだった？」

いつも通り暁と和やかな夕食が始まり、予想通り高校生活について問われる。

「もう受験生なんだなって不思議な感じだった。あ、一番仲よしの友達と初めて同じクラスになれたの！」

「それはよかったな」

珍しくはしゃぎ気味に話す咲耶に、暁は穏やかに頷く。

「なにか不自由はないか？」

ところが改めて問いかけられ、咲耶はわずかに迷った。

「うん」

そこで、すぐさま咲耶の思考が切り替わる。

「あっ！　凛子――その友達には結婚したこととか話していい？　すごく心配をかけたから」

もう話してしまったのでだめと言われても困るのだが。うかがうように暁を見ると、暁は小さくため息をついた。

「冥加家については特段隠したり、秘密にしないといけないわけじゃない。咲耶自身のことでもあるんだ。咲耶が信用できる人間になら、好きに話したらいい」

「ありがとう」

暁の回答に胸を撫で下ろし、再び箸を進める。

暁の反応から、どうやら雪景や千早は帰りの一件を黙っていてくれたらしいと悟る。

安堵するのと共に、一緒に住まなくなっても佐知子が咲耶を嫌っていて、まだ憎んでいるのだと、ありありと実感した。

曇りそうな心を、頭を振って晴らす。

たとえそうだとしても、今の咲耶を取り巻く環境は以前とはまったく違う。もしもまたなにか言われても、毅然《きぜん》とした態度でいようと誓った。


間もなく日付が変わりそうな頃、暁は隣で眠る咲耶の寝顔を見つめながら、帰宅後のやりとりを思い出していた。

雪景と千早から、無事に咲耶を見つけて、雪景の運転する車で帰ってきた旨を聞いた。咲耶を迎えに行くよう指示したのは暁だった。

朝、咲耶は自分で行くと送迎を突っぱねたらしいが、学校までは距離もある。なにより咲耶が心配だったのだ。

『咲耶の様子はどうだった？』

暁のもとに報告にやってきた千早と雪景に、ネクタイを緩めながら問いかける。しかし、どういうわけかその質問に対して、すぐに反応がない。不審に思ってふたりを見ると、千早がおもむろに口を開いた。

『どうかご本人に直接聞いていただけませんか？』

千早の回答に、暁は眉をつり上げる。

雪景も同じ意見なのか、口を挟んでこない。

『なぜお前たちを向かわせたと思う？』

そういった報告を含めてふたりを遣わせたのだ。もちろん、それがわかっていない千早や雪景ではない。

『咲耶さまには、暁さまに話さないでほしいと言われています。せっかくご結婚されたのに、ここで彼女の意思に背いたら、我々どころか暁さまに対しても不信感を抱かせてしまうのでは？』

冷静な千早の切り返しに、暁は一瞬口ごもる。ある意味、正論だったからだ。

そこに雪景が畳みかけた。

『話したとして、暁さま、なにも知らないふりなんてできます？』

『……いい話でないのは理解できた』

眉をひそめつつ暁は苦々しく告げる。

『ええ。ですが咲耶さまの身に危険が及ぶような真似は決してさせません。我々がお守りいたします』

千早の言い分に雪景も頷く。それを見て、暁は不機嫌さを収めた。

『わかった。下がれ』

深々と頭を下げ、千早と雪景は立ち去ろうとする。しかし部屋を出ていくすんでのところで暁がふたりを呼び止めた。

『そうやって、これからも咲耶の味方でいてやってほしい』

主である自分の命令に背いたのは気に入らなかったが、ふたりが咲耶の気持ちを大事にしてくれたことには感謝している。

千早と雪景は目を丸くしたのち、目を細めた。

『もちろんです。咲耶さまは冥加家にとって因縁のある此花の血を引く者。暁さまの大事な花嫁さまですから』

ふたりからの報告を受け、夕飯のときに咲耶に学校生活について尋ねてみたが、咲耶は暁に対する感謝と、再び学校に通えるようになった嬉しさを伝えてきただけで、不安そうな素振りさえ見せなかった。

あれこれ思い出しつつ、規則正しい寝息を立てている咲耶の頭をそっと撫でる。久しぶりの学校に気を張っていたのもあるのだろう。今日はいつもより早めに眠りについていた。

この部屋に初めてやってきた夜は、ものすごく緊張していた咲耶だが、だいぶ心を許してくれるようになった。けれど、その壁はどうやらまだまだ高いらしい。

同じ部屋で眠るのは、年配の親族どもに対する一種のパフォーマンスでもあった。因縁の深い此花の娘と名実ともに結婚したと知らしめる必要がある。

そういった目で見える形を好むのがいかにも古臭いと暁は思うが、あえて口にはしない。自分の立場はわかっているつもりだ。外野のために咲耶を付き合わせて悪いとは思ったが、今では少しだけ感謝もしている。

眠る前の彼女との他愛ない会話が、心地よく感じる。なにをするわけでもなく、時折手をつないで、咲耶を抱きしめる。咲耶のぎこちなさはまだ完全には抜けないが、以前よりも身を委ねてくれるようになった。それを純粋に嬉しく感じる自分にも驚く。

ずっと必要のないものだと思っていた。

死を司り、同じ神々からも恐れられる黄泉国の最高神。非道で容赦がなく、畏怖の念を抱かれつつもなくてはならない存在。なぜならすべての生者は死から逃げられない、神でさえも。行きつく先は皆、同じだ。

おかげで愛《いと》しさや慈しむ感情など暁自身に備わってなどいないと思っていた。咲耶との出会いでこんなにも変わるなど驚きだ。

コントロールは可能だが、彼女がそばにいると相変わらず力があふれてくる。強力な力を以《もっ》て黄泉国も統制しており、大きな問題はない。

(むしろ問題はこちらだな)

咲耶の黒髪に触れていた手を止め、まじまじと咲耶を見つめる。

先ほど、床に就いてから咲耶に振られた話題は、やはり学校の話が主だった。特待生として入学を決めたときのことや学校設備や授業の内容など、いつもより咲耶は饒舌に語る。咲耶としては、暁に通わせてもらっている学校がどんなところなのか紹介したい気持ちがあったのだろう。

それを汲みつつ少しだけ突っ込んでみるべきかと思案しながら、暁は咲耶の話に耳を傾けた。やはり今日起きたことについて話すつもりはないらしい。咲耶の性格を考えたら当然といえば当然か。

『迷惑をかけちゃだめだって。全部、自分でなんとかしないとって思っていて』

嗚咽《おえつ》まじりに吐き出された咲耶の本音は、悲痛なものだった。彼女が今までどんなふうに過ごして生きていたのか、想像しかできないのが歯がゆい。

暁は咲耶を自分の方に引き寄せ、彼女を抱きしめた。

腕の中にすっぽりと収まる咲耶を守りたいと思う。誰かをそばに置きたいなど思ったこともなかったのに。

だから咲耶に害をなす者は、誰であっても許さない。

赤い虹彩が炎のように揺らめく。刺さるような殺気に当てられた、庭にいる生き物たちの蠢《うごめ》きが、しばらく夜の暗闇に響いていた。

翌日、朝食を終え学校に行く準備をしていると卯月から弁当を渡される。

「卯月さん、ありがとうございます」

「こちらこそ咲耶さまに喜んでいただき、光栄です」

素直に受け取り、弁当を作ってもらう嬉しさに温かい気持ちになった。中身は聞かずに、蓋《ふた》を開けるときの楽しみに取っておく。

「咲耶」

不意に声がかかり、そちらを向く。一足先に出かける準備を終えた暁が、咲耶を手招きした。

「どうしたの？」

暁のもとに駆け寄ると、彼は制服姿の咲耶をじっと見つめその場で抱きしめる。

「え？」

彼から抱きしめられるのはすでに日課になっていたが、ここは使用人の目もある。

「無理するなよ」

羞恥心で反射的に抵抗しようとしたが、その前に暁の真剣な声が耳に届いた。おかげで咲耶は彼の抱擁をそのまま受け入れる。

「行ってくる」

「い、行ってらっしゃい」

腕の力を緩められ、告げられた言葉に咲耶は即座に返した。その反応に暁は微笑み、咲耶の頭に手をのせると、如月と共に出ていった。

「咲耶さま、お支度が整いましたら、学校までお送りします」

千早に促され、咲耶は意識を切り替えた。ただ、無理をするなと言った暁の方が、なにかをこらえているように見えたのが気になった。

気のせいでなければ、今日はなにか生徒たちの様子がおかしかった。C組に向かう途中の廊下でコソコソとなにかを話しているグループは、一組や二組ではない。

「え、嘘！　本当なの？」

「学校どうするんだろうね」

一体、誰の話をしているのか。そのうち、咲耶が通り過ぎると白い目を向けてくる者もいる。相変わらず、好意的な眼差しはない。昨日の一件が関係しているのか、佐知子がまた好き勝手言っているのか。

もう慣れている。ずっと特待生の立場や咲耶の境遇のことであれこれ言われてきた。そこに神族との……暁との結婚が重なって陰口に拍車をかけているのだとしても、ただ受け入れるだけだ。

神族と結婚や婚約が決まると自慢げに話す者たちもいるが、咲耶はそうしなかった。

咲耶がなにも言わないから、佐知子の言い分を助長させるのだと理解していても、自分の話を誰彼にするのは苦手で、できなかった。

「おはよう、咲耶！」

「凛子。おはよう」

先に来ていた凛子が明るく挨拶してくる。咲耶の席に近づいた凛子は、周りをうかがいながら急に声を潜めた。

「なんかさ、噂だけれどA組の大橋《おおはし》くんの会社、やばいらしいよ」

「え？」

聞き覚えのある名前に咲耶は目を瞬かせる。昨年同じクラスだった彼の父は、たしか大橋工業の社長をしていたと記憶している。

「まだ正式には公表されていないけれど、役員の何人かがグルになって会社のお金で不正を働いて逮捕されるみたいなの。その責任を取って彼のお父さんは社長を辞任するらしいけれど、そもそも会社自体どうなるかわからないって。明日にでもニュースになるんじゃない？」

「そう、なんだ」

そういった情報が素早く回るのが八榊会だ。そして八榊学園でも言わずもがな。どうやら教室に来るまで生徒たちがざわめいていたのは、大橋の噂をしていたからなのだと理解する。

そして凛子がそれをわざわざ咲耶に告げたのは、他の生徒と同じように噂話で盛り上がるためではない。大橋は佐知子の付き合っている相手だった。それを踏まえて咲耶に知らせてきたのだ。

佐知子と大橋の関係が続いているのかは知らないが、大橋も佐知子から咲耶の悪い話ばかり聞かされていたから、同じようにずっと咲耶を見下していた。なので咲耶は大橋に対してあまりいい印象はない。

とはいえ、そんな相手の窮状《きゅうじょう》を聞いても、溜飲を下げる気にもなれなかった。

さすがに大橋は今日、学校を休んでいるらしい。気の毒だとは思うが、咲耶には関係ない話だ。

予鈴が鳴り、今日も一日が始まる。

「咲耶」

「あ……」

そう思っていたのに、休み時間に化学室へ移動している際、咲耶は今朝話題に上がった人物に話しかけられた。

女子数人でいた佐知子が、なにを思ったのか咲耶に声をかけてきた。どうやら大橋の件で女子たちに心配されているところらしい。他の女子たちにも視線を向けられ、居心地悪いことこのうえなかった。

佐知子と会うのは、咲耶が荷物を取りに行った日以来で、つい身構える。

「元気？　クラスが離れて心配してたの。神族と結婚したからって実家に一度も帰ってこないで……。そんなにうちが嫌だったわけ？」

さりげなく声が大きいのはわざとだ。佐知子は外であからさまに咲耶の悪口を言ったりしない。第三者には純粋に従姉妹を心配する体で、こうしてさりげなく咲耶を落とす言い方をする。だから周りは佐知子に同情し、咲耶は優しい従姉妹や伯母夫婦に感謝しない薄情者のように思われるのだ。

「うちにいたときより、ずっといい暮らしをしているから？　私がそんなに嫌い？　お母さんも会いたがっているのに」

白々しいと思うのは咲耶だけなのか。周りにいた生徒たちの冷ややかな視線が飛んでくる。ここそこ話されている内容は想像するまでもない。

「私、次移動教室だから」

佐知子の茶番に付き合うつもりはない。なにを返しても咲耶が悪者にされるのには変わりないからだ。

「あ、そうそう。お母さんから書類を何枚か預かってきてるの。結婚したから書き換えないといけないものがあるって。放課後、うちのクラスまで取りに来てくれない？」

その申し出は無視するわけにはいかず、足を止める。佐知子は笑みを浮かべていた。

「わかった」

それだけ告げて咲耶は佐知子の横を通り過ぎる。

「感じわるーい」

「神族と結婚したからってお世話になった従姉妹に対してあの態度？」

「私たちと同じ学校に通える立場じゃないくせに」

もう聞き飽きた。聞こえてくる雑音を受け止めないよう心を無にして、咲耶は歩調を早めた。そのとき、うつむき気味だったのもあって誰かにぶつかってしまった。顔を上げると、相手は咲耶の知っている人物だった。

「ごめんなさい」

反射的に謝罪すると、足元でなにかが滑っていく感覚がある。

「大丈夫ですか？」

穏やかに声をかけてきたのは、この前凛子と話題になった新任の男性教師、赤石だった。どうやら彼の右ひじにぶつかり、抱えていたプリントが落ちてしまったらしい。

「すみません、ぼーっとしていました」

すぐさま咲耶はしゃがみ、廊下に散らばったプリントを集める。同じように赤石も腰を落として丁寧にプリントを拾った。

始業式で一目見ただけだが、よく印象に残っている。教師ではなくモデルと言われても違和感がない。

彼との接触を試みる女生徒が多い中、咲耶としてはこんなふうに迷惑をかけるつもりはなかった。

さっさとプリントをまとめ、彼に手渡す。赤石はにこりと笑って、受け取ろうと手を出した。

「ありがとうございます」

その際、慌てていたのもあって不意に赤石の手に触れてしまった。瞬間、彼は驚いた面持ちになる。

失礼しました、と咲耶が謝る前に、赤石は正面からまじまじと咲耶を見つめた。

「君は……」

そこで咲耶は自身が名乗っていなかったと気づく。彼の担当は物理だが、咲耶は選択していないので初対面だ。

「三年C組の此花咲耶です。失礼しました」

頭を下げ赤石を見ると、彼はふっと微笑んだ。

「此花さん。なにか困っていることがあるならいつでも相談してくださいね」

「ありがとうございます」

彼が慕われるのは、若さや見た目だけが理由ではないようだと思いながら、赤石の横をすり抜けて先を急ぐ。

　そのうしろ姿を、笑顔が消えた表情で赤石が見つめていたのに咲耶は気づく由もなかった。


　放課後、咲耶はため息をついて帰りの準備をする。

　憂鬱だが佐知子のもとに書類をもらいに行かなくてはならない。けれど学校の中なら棘のある言葉をもらうだけで済む。周りにどう思われているのかは今さらだし、実家まで取りに来いと言われないだけマシなのかもしれない。

　考えを改め、咲耶はゆっくりと立ち上がって教室を出た。

　ふたつ隣のA組の教室に足を踏み入れるのは初めてで、少しばかり緊張する。顔を覗かせると、数人の生徒が勉強したり雑談をしたりして残っていた。佐知子は窓際の席に座っていて、珍しくひとりだった。てっきり女子たちと雑談しているものだと思っていた咲耶は少し拍子抜けする。

「咲耶、こっち」

　愛想のいい笑顔に咲耶はおそるおそる近づいていく。換気のため窓は開いていて、やや肌寒いが、それは咲耶の教室も同じだ。

「はい、これ」

あっさりと書類が差し出され、変に勘ぐっていたが、佐知子は伯母に言われたことを忠実に守っただけなのだと思い直す。

素直にお礼を告げてその書類を受け取ろうとした。

「ありが――」

ところが次の瞬間、佐知子が持っていた書類を勢いよく窓の外へ放り投げた。

「なっ」

あまりにも突然すぎる出来事に、驚きを通り越して理解できない。

「あら。風が強いから飛ばされちゃった。大変！　拾いに行かないと」

しれっと告げる佐知子に、咲耶は唇を噛みしめる。教室に残っている生徒たちは一瞬の出来事に気づいていなかった。窓から頭を出し確認すると、裏庭に書類は落ちていた。

体勢を戻したら佐知子と目が合う。その笑みにはあきらかに悪意が滲んでいた。

「なに？　これでも感謝してほしいんだけど」

意味がわからない。書類を持ってきたことだろうか。無視して拾いに向かおうとしたら、佐知子に腕を掴まれた。

「あんたが神族と結婚したことは話したけれど、それが死神とまではみんなには言っていないことをね」

耳元で囁《ささや》かれ、咲耶は目を見張る。とにかく今は書類を回収するのだ先だと思い、教室を飛び出した。

（大丈夫。いちいちこんなことで傷ついたりしない）

自分に言い聞かせながら階段を下りていく。靴に履き替え、正面の玄関口から外に出て校舎裏に回る。

雪景と千早はもしかすると、もう迎えに来ているかもしれない。一度連絡をすべきか悩み、とりあえず書類を回収してからだと判断する。

遠目から書類が散らばっているのが見え、安堵して近づいていく。正面玄関とは打って変わって、裏庭に人通りはない。静かなものだった。

「あった」

幸い、三枚ほどある書類はすぐそばで落ちていた。腰を屈め、最後の一枚に手を伸ばしたそのときだった。うしろから何者かに強く押され、そのまま前に体勢を崩す。驚きと、地面に体をぶつけた痛みで混乱しながらも振り返った。

「え？」

あまりにも意外な人物が、怒りに満ちた目で咲耶を見下ろしている。

「大橋くん？」

どういうわけか制服ではなく、私服姿の大橋が目を血走らせて立っていた。彼がどうしてここにいるのか。咲耶を突き飛ばしたのが彼だとしたら、どういう理由なのか。

思考を巡らせるが答えは出ない。ただひとつ、目の前の男が冷静ではなく話が通じそうもないほど、感情的になっているのだけは伝わってきた。

「お前が全部悪いんだ！　父さんの会社がだめになりそうなのも、佐知子に振られたのも、全部！」

怒鳴られながらも、咲耶はゆるゆると立ち上がった。

言いがかりにしてもあまりにも突拍子もない。どう考えても咲耶とは無関係だ。

「なに？　どういうことなの？」

震える声で咲耶は尋ねる。

「佐知子が言ってたんだ。お前を預かってから佐知子の家も不幸に見舞われてばかりで、佐知子のお父さんの会社の経営も傾きだしたって」

伯父の会社の経営が厳しいのは事実だ。だからこそ会社への援助と引き換えに咲耶は暁と結婚することになった。しかし現実的に考えて、会社の経営不振の原因が咲耶にあるわけがない。

「待って、私は」

「神族と結婚したんだろ？　しかも相手は死神だって？　不幸を呼び合う者同士お似合いじゃないか。お前が気に入られたのもそういう理由なんだろ？」

どうして知っているのかと疑問を抱くまでもない。大橋に伝えたのは佐知子だろう。『死神とまではみんなには言っていないことをね』

そこで合点がいく。佐知子がわざわざ放課後の教室に呼び出したのも、わざと窓から書類を投げ捨て裏庭に拾いに行くよう仕向けたのも、すべては大橋を咲耶にけしかけるためだったのだ。

大橋はものすごい剣幕で咲耶に迫る。

「佐知子が『私と付き合ったせいで、卓也《たくや》まで巻き込んでごめんね。別れよう』って泣きながら言ってきたんだ。佐知子はなにも悪くないのに、全部お前のせいで！」

否定したいのに、大橋の迫力に言葉が出ない。足さえ動かせずにいると、その間に大橋は咲耶に詰め寄ってきた。

「周りを不幸にしてなにが楽しいんだよ！　俺や佐知子の前から消えろ！　お前みたいなやつ、いらないいんだ！」

次の瞬間、激昂した大橋が手を振り上げた。叩《たた》かれるのか、殴られるのか。動けないまま反射的に咲耶は目をつむる。

『この疫病神！　あんたたちのせいで弟は死んだのよ！』

『父親に続いて母親まで。あんたがいると、みんな不幸になる』

（私……）

予想していた痛みや衝撃は襲ってこない。おそるおそる目を開けると、大橋の手首を背後から片手で掴み、彼の動きを封じている人物がいた。

「なんだ、お前!?」

「それはこちらの台詞だ。お前こそ、誰になにをしようとしているのかわかっているのか？」

咲耶は目を疑う。一際冷たい声で言い放ったのは、ここにいるはずのない暁だった。

朝と同じスーツ姿だ。夢か幻かと戸惑うが、どうやら本物らしい。

「神の妻に手を出すとは、いい度胸だ。その命、よほど惜しくないらしい」

涼しげな表情の暁とは対照的に、手首を掴まれた大橋は苦痛に顔を歪めている。身をよじるがびくともせず、圧倒的な力の差がふたりにはあった。

暁の発言で彼の正体を悟り、一瞬怯んだ大橋だが、その視線や怒りは咲耶に向けられる。

「うるさい！　こいつのせいで俺も俺の家族も不幸になったんだ！　金のためとはいえ死神と結婚するような女なんて普通じゃない！」

浴びせられた怒号に、咲耶の頭は真っ白になる。

「うっ……」

大橋が痛みのあまり、声をあげた。暁が手を離すと、足元をふらつかせながら右手首を押さえ、身を縮こまらせる。その彼に暁は静かに近づいた。

「そんなに自分で不幸になりたいなら、望み通り黄泉国へ叩き落としてやろう」

暁が一歩踏み出すと、周りにあった木々が急速に枯れて、花どころか草さえも色を失い黒くしなびていった。すべてが生をなくした、ただの物になっていく。鳥や虫の気配も消え、暗闇に包まれる感覚と共に、近くの窓ガラスがガタガタを揺れだした。

「ひっ！」

人知を超えた神の力を見せつけられ、大橋は小さく悲鳴をあげて尻もちをついた。言い知れない圧に、咲耶も肩を震わせる。

強い怒りに赤い虹彩が揺らめき、暁は鋭い眼差しで大橋を見下ろした。

「咲耶を侮辱するのは許さない。よくも傷つけてくれたな」

「うっ……あ……」

突然、首を押さえて大橋は苦しみだした。うめき声をあげ、のたうち回るが、暁はそんな彼を平然と見つめるだけ。さらに彼に手のひらを向けるのを見た咲耶がとっさに叫ぶ。

「やめて！」

咲耶が声をあげたのと、暁に抱きついたのは、ほぼ同時だった。不意を突かれた暁の意識は、大橋から咲耶に移る。

「お願い、だめ」

咲耶は暁にしがみつき、必死に訴える。それを見て、暁の瞳はいつもの色を取り戻した。場の空気が一瞬で変わる。

苦しみから解放された大橋は、荒い呼吸を繰り返しよろよろと立ち上がった。すっかり怯えきった彼は涙目で暁を見遣り、逃げるように去っていく。

大橋がいなくなったあとも咲耶は暁にしがみついたままだった。彼女が震えていることに気づき、暁は咲耶の頭をそっと撫でる。

次の瞬間、枯れていた草木が生の息吹を吹き返し、辺りは何事もなかったかのようにもとに戻る。むしろ心なしか、先ほどより植物も生物も生き生きとしていた。

「あいつを庇うのか?」

暁の問いかけに咲耶は力強く首を横に振った。彼女の頭を撫でていた手を止め、そっと離れる。

「悪かった。怖い思いをさせたな」

「ちが、う」

そこで咲耶はやっと口を開いた。

「誰かを傷つけるために力を使わないで。……彼の言う通りになっちゃう」

『不幸を呼び合う者同士お似合いじゃないか』

（違う……。違うのに。私はなにを言われてもかまわない。でも……）

自分のせいで暁まで悪く言われてしまうのがつらい。

言いがかりではあるが、不幸になったという大橋の怒りの矛先はあくまでも咲耶で、その結婚相手として暁は巻き込まれただけだ。

死神という立場が拍車をかけたが、そもそも死を司るその存在はすべての生ける者に必要不可欠なもの。外野にあれこれ噂され恐れられながらも、暁が優しくて、思いやりにあふれているのを知っている。冥加家の者たち、みんながそうだ。

「咲耶」

ふと呼びかけられ、咲耶はおそるおそる顔を上げる。目が合った暁の表情はどこかもの悲しげだった。

「俺と結婚したことを後悔しているか？」

彼の口から紡がれた言葉に咲耶は硬直した。どうして暁がそんな質問をするのか理解できない。大橋の発言か、神としての残虐さを見せたことを気にしているのか。

思い巡らせるも、それらの答えはどうでもいいものだと結論づける。

「してない……していないよ」

声を震わせながら、暁の目を見て咲耶はしっかりと答えた。

今は他のなにを置いても、自分の気持ちを伝えるべきだと判断する。

そんな傷ついた表情をしないで。

『わからないなら教えてやる。必ず幸せだと思わせるから』

「幸せだよ、私。……暁と結婚して、幸せなの」

一緒に食事をして、帰りを待ったり、待っていてくれたりする。『おはよう』や『おやすみ』といった他愛ないやりとりをして、ひとりじゃないと実感する。

誰かにとっては当たり前のものでも、咲耶にとっては一つひとつがかけがえないものだ。暁が全部与えてくれた。

感情の昂りからか、目の奥が熱くて心の奥からなにかが込み上げてきそうになる。

慰めでも、お世辞でもない。咲耶の本心だ。

「そうか……」

視界が滲みそうなったが、暁の安堵めいた面持ちはたしかに見えた。そしてゆるやかに彼の腕の中に閉じ込められる。

「だったら、俺に幸せというものを運んできてくれたのは咲耶だ。不変が当たり前だったのに、咲耶が現れて俺の世界を変えていった」

優しい声色に、咲耶の目から涙がこぼれ落ちそうになる。そんなことを言われたのは両親以外で、初めてかもしれない。

大橋に手を上げられそうになったとき、過去に公子や佐知子に言われた発言が頭をよぎり、受け入れるべきなのかと一瞬だけ思った。

根拠はなくても、もしかすると自分は本当に不幸を呼び寄せてしまっているのではないか。咲耶の中で自身を責める気持ちもあった。

(そんな私を、私自身を求めてくれる存在は初めてだ)

この感情をなんて呼ぶのか。たくさんの本を読んで勉強もしてきたのに、答えが見つからない。

それでも暁のそばにいて感じる温もりはたしかなもので、彼を大切にしたい気持ちは本物だった。


教室の窓から咲耶の様子を見ていた佐知子は、とっさに顔を引っこめ身震いする。咲耶のもとに駆けつけた男が、こちらを見据え睨んできたのだ。

「佐知子、どうしたの?」

背後から同級生に声をかけられ、外に向けていた意識を室内へ戻す。いつもと変わらない放課後の教室だ。

「ううん、なんでもない」

笑顔で答えながらあまりにも殺気立った眼差しに、心臓が胸を強く打ちつけている。その一方で言い知れない興奮もあった。

目の当たりにした先ほどの光景――あれが人ではない神の力。

佐知子は胸を押さえながら、一連の光景を思い出す。

体よく大橋を振り、どうせなら、と咲耶にけしかけるよう仕向けたら、面白いほどうまくいった。痛い目でも見ればいい。けれど、まさか暁自身が学校にやってきて邪魔をしてくるとは。

佐知子は小さく舌打ちする。

(なにあれ。死神に嫁いだら虐げられて不幸になるんじゃなかったの？)

暁の外見も、Dreizehnt,Inc.の代表だという事実もすべては予想外だった。それでも咲耶が結婚した相手は死神だ。ひどいめに遭って、不幸のどん底にいると信じて疑わなかったのに。大切にされるわけがない。幸せとはほど遠いはずだったのに。

けれど先ほど佐知子が見たのは、咲耶を庇い守って圧倒的な力を見せつける暁の姿だった。大事そうに抱きしめられている咲耶を見て腸が煮えくり返る。

友人から聞いた話では、咲耶の迎えは立派な車で、若い男女が恭しく頭を下げて尽くしているそうだ。社長令嬢でもそこまで丁重な扱いをされることは珍しい。

(なんで咲耶ばかり？　それだったら私が結婚したのに)

悔やんでも今さらだ。唇を強く噛みしめていたら、こちらをまだ心配そうに見ていたクラスの女子と目が合う。佐知子はぱっと笑みを浮かべごまかしたが、腹の中のドロドロとした感情は消せそうになかった。

咲耶は暁に促されるまま、送迎用の駐車場へと向かう。

八榊学園はOBやOG、八榊会の会員など学生以外の出入りもそれなりにあるが、暁の見た目は一際注目を浴びていた。それを本人が自覚しているかは不明だが、隣の咲耶は身を縮こまらせるばかりだ。おかげで会話は一切ない。さっきまでの出来事もその一因ではあるが。

駐車場に近づき、見慣れた車が目に入ったのとほぼ同時にドアが開いた。

「暁さま、咲耶さま」

現れたのは、雪景と千早だ。心配そうな面持ちで近づいてくるふたりに、咲耶の張り詰めていた気持ちが少しばかり溶ける。

「ご無事ですか？　暁さまの神力を感じたので駆けつけるかどうか迷ったのですが」

「問題ない。帰るぞ」

切羽詰まった様子で問いかける雪景に、暁は短く答える。千早が後部座席のドアを開け、咲耶と暁は車に乗り込んだ。しばらくして車はゆっくりと動き出し、咲耶は水中から上がったときのように大きく息を吐いた。続けて、隣に座る暁に小さく尋ねる。

「どうして、学校に？」

朝、別れたときに彼はなにも言っていなかった。

「咲耶が心配だったんだ」

暁の回答に咲耶は目を丸くする。なにか心配をかけるような発言をしただろうか。

あれこれ思い返していたら、頬に手のひらを添えられた。

しっかりとふたりの視線が交わり、暁はまっすぐに咲耶を見つめる。

「どこか浮かない顔をしていたからな」

それは、朝のことか。少なからず、昨日の一件で沈んだ気持ちがあったのも事実だ。

暁には見抜かれていたらしい。

「そっか。ありがとう」

余計な詮索をせず、咲耶は素直に暁の言葉を受け取る。

「で、一体なにがあったんです？」

タイミングを見計らったかのように、運転席の雪景が口を開いた。彼らにも心配をかけた。咲耶が迷っていると、暁が手短に先ほどの出来事を説明する。

「そうだったんですね。咲耶さま、ご無事でなによりです」

助手席から千早が声をかけ、雪景も続く。

「まったく。怖いのは神ではなく、疑心暗鬼になる人間の方ですよ」

やれやれといった調子だ。それを聞いた咲耶は声には出さなかったが、内心で頷く。

「だからこそ人は神を恐れ、敬い、祈りを捧げるんだろう」

静かに暁が呟き、咲耶は彼を見た。

たとえ人の姿をして、同じような振る舞いをしていても、彼らは神であり決して自分とは交わらない。それを実感した途端、言い知れない寂しさに包まれる。

そのとき暁が咲耶の右手を取った。

「怪我《けが》をしている」

指摘され思い出す。大橋に押されて地面に倒れた際に擦りむいた傷が手のひらにできていた。

たいしたことはない。そう咲耶が答えようとした刹那、暁が手を添えると傷口がさっと塞がった。目を丸くする咲耶の白い手を暁がそっと撫でる。

以前に子犬を助けたときのように、彼がなにかしら力を働かせたのは一目瞭然だ。

「お、大げさだよ。これくらいすぐ治るのに」

驚きと触れられている状況にどぎまぎする。すると運転席から雪景が小さく噴き出した。

「暁さまがそんなふうに力を使うなんて、咲耶さまだけですよ」

「当然だ。咲耶は俺の大事な妻なんだ」

臆面もなく返す暁だが、咲耶は照れてしまってまともに顔が見られない。そうしていると暁の屋敷に辿り着いた。

「一度、会社に戻られます？」

「いや。これから来客予定だ」

千早の問いかけに素早く答え、咲耶は暁と共に車を降りた。

「お客さま？」

「ああ。咲耶も一度挨拶したことがある年寄りさ」

その言い方には若干の鬱陶しさが混じっていて、咲耶は苦笑する。

暁と結婚してから、彼の一族の者たちが代わる代わる屋敷を訪れ、咲耶に挨拶をしに来た。自分よりもあきらかに年上の相手から恭しく頭を下げられると、咲耶としては困惑してしまう。それほど冥加家の中で暁が大きな力を持っているということだ。

その中でも、たまに見定めるような値踏みするような目を向けられることがあった。暁の結婚相手として相応しくないという意味なのかと思ったが、どうも違う。暁と咲耶の結婚を祝福する気持ちに嘘は感じられない。

どこか不思議な感じもするが、暁もとくに言及しないので、あえてつきつめるほどでもないと思った。

「私も挨拶した方がいい？」

「顔を出せば喜ぶかもしれないが、とくに必要ない。今日は用事があってこちらが呼び立てたからな」

なんとも曖昧な回答に咲耶は眉をハの字にする。しかし客間へと暁は歩を進めるので、必要以上に呼び止めてもと思い、そのまま彼のうしろ姿を見送った。

卯月や他の使用人に挨拶し自室で着替えたが、咲耶はずっと落ち着かずにいた。

（やっぱり私も少しは顔を出した方がいいかな？）

暁はどちらでもいいと話していたが、結婚して同じ屋敷に住んでいるのに、まったく反応しないのも失礼にあたるかもしれない。

（不思議。いつもは誰にどう思われるかなんて、あまり考えないのに）

周りからの評価にはそれほど興味がない。むしろ、どう見られているのかなどをいちいち考えていたら、気持ちが持たなかった。だから今咲耶を突き動かしているのは、間違いなく暁の妻としての立場だ。

（奥さんとしてちゃんとしなきゃ。彼が悪く思われるのは嫌だもの）

こんなふうに考えて行動する自分に驚く一方だ。それは義務でも義理でもない、暁のためにしたいのだと自然と思えた。

咲耶は意を決し、自室を出て客間へ向かう。極力気配を消して、足音を立てずに。

来てみたのはいいものの、暁も中にいるのなら、どのタイミングで挨拶をすればいいのか。話が終わるのを待って、部屋から出てきたところで挨拶しようか。

思いを巡らせていると、中で誰かが動く気配がした。おそらく話が終わったのだろう。さすがにドアの前で待つわけにはいかず、咲耶は廊下の曲がり角まで戻り、客が出てきたらさりげなく現れようと頭の中でシミュレーションする。

ドアが開き、中から出てきたのは咲耶も以前会った男性だ。名前はたしか玄律《げんりつ》といった。短めの白髪はきっちり整えられ、頭と同じように白い長めの髭《ひげ》が印象深い。着物を着て、すっと背が伸びた姿は厳しい雰囲気をまとっている。その貫禄はやはり冥加家特有のものだ。なんでも一族を取りまとめる立場で、最終決定権は暁にあっても、その発言力はなかなか強いと聞いている。

「それにしても花嫁は本当に此花の血を引く者なのか？」

咲耶が一歩踏み出そうとした瞬間、玄律がさらりと尋ねた。彼の質問に咲耶の心臓は跳ね上がり、足が止まる。

「ええ、間違いありません。お会いになりますか？」

柔らかく暁が尋ねたが、玄律は小さく鼻を鳴らした。

「いいや。血筋がはっきりしているのならかまわない。しかし、ようやく此花の人間を冥加家は掌握《しょうあく》したのだな、よくやった」

（此花の人間って私のこと？　掌握って？）

話題に出されているのが自分のことだとは理解できるが、話の内容についていけない。混乱した咲耶はその場で息を潜めた。

「ありがとうございます」

暁が律儀にお礼を告げる。その態度に咲耶の心は揺れた。

「人間ごときに力を奪われたせいで、黄泉国の最高神である我々の名誉は著しく低下し、忸怩《じくじ》たる思いを抱えてきた。お前の代でそれがやっと払拭されたわけだ。これで勘違いした浅はかな連中も理解するだろう。所詮、人間も神もすべて我らの手のひらの上」

今にも高笑いが聞こえてきそうなほど、玄律の声は喜びに震えている。

「お前はこの結婚についてずっと納得していなかったが、わかってくれてなによりだ。これで冥加家の当主として完璧だ。一族の汚名の原因となった此花の娘を手に入れたと語り継がれるだろう」

そこで一拍間が空いた。足音で彼が体の向きを変えたのだと悟る。

「見送りはいらん。どうか花嫁殿によろしく伝えておいてくれ」

聞こえてくる声にはいくらか棘が含まれている。玄律が去っていったのを感じほどなくして、暁がため息をつき再び客間に戻った気配がした。

ひとり、出ていくどころか息さえ殺して身を潜めていた咲耶は、しばらくその場を動けずにいた。とはいえ、いつまでもここにいるわけにもいかない。なにより暁に見つかってはいけないという気持ちが湧き起こり、咲耶はここに来たとき以上に、慎重に自室へと戻っていった。

和室に合わせて置かれた焦げ茶色のローソファに座り込み、そのまま横に倒れ込む。咲耶の黒髪がソファに散り、行儀が悪いと自覚しつつそのまま手を伸ばしてクッションを掴み、胸元でぎゅっと抱きしめた。

(最初から、全部わかっていたことじゃない)

『此花の娘との結婚を条件に、うちの会社に融資してくれるって先方が言うものだから』

伯母から暁との結婚を持ちかけられたとき、先方は此花の娘を希望しているとの話だった。此花家がかつてこの地で神職を務めていて、代々続く由緒ある家柄だと聞いていたから、神族が縁談を所望したとしてもおかしくはない。咲耶としてもその程度に考えていた。けれどまさか、冥加家がそこまで此花の血筋に執着しているとは思ってもみなかった。

『此花の娘か』

『はい。此花咲耶です』

初めて暁と出会ったときも、彼が真っ先に尋ねてきたのは咲耶が此花の血筋かどうかだった。そして先ほどの暁と玄律の会話が、何度も頭の中で繰り返される。

『一族の汚名の原因となった此花の娘を手に入れたと語り継がれるだろう』

どうやら此花家の人間と冥加家の間で、なにかがあったらしい。昔は神職に就く者として、もしかすると特別な力があったのかもしれないが、今の自分には当然、そんな力などない。だからこそ、名ばかりの妻なのだ。

『此花の花嫁御寮さま。ようこそ冥加家へ』

(彼が私と結婚したのも、ここの人たちが私に優しくしてくれていたのも、全部私が此花の人間だからなんだ)

全部、今さらだ。なら、なぜこんなにも心が乱れているのか。さっきからそれが咲耶にはわからない。

(どうして?　いつもみたいにただ受け入れたらいいだけなのに)

どんな理由で暁が自分と結婚していても、咲耶には関係ないはずだ。今までも自身の受け止め方を変えることで、どんな状況も乗り越えてきた。

それが今、こんなにも難しいのはどうしてなのか。

『咲耶は彼のことどう思っているの?』

そこでふと凛子の問いかけが頭の中でよみがえり、咲耶は目を見張る。

『花嫁じゃなくて、お前自身が必要なんだ』

『咲耶はもうひとりじゃない。俺たちは夫婦だ』

つらいのは、傷ついているのは……私が彼を好きだからなんだ。

やっと自分の気持ちを自覚する。

暁と出会って、もうとっくになくしたと思っていた〝幸せ〟に少しずつ触れていった。優しくて温かく、大切でなくしたくないもの。

暁に大事にされて、咲耶も暁を大事にしたいと思った。

そうやって他の誰でもない、咲耶自身を求めてもらっている気がしていたのだ。

それがはっきりと否定されただけ。

(やっぱり期待なんてしちゃだめだ。こうやってつらくて苦しくなるだけなんだから)

抱いていたクッションにぎゅっと顔をうずめる。視界が滲み、涙がこぼれ落ちそうになるのを、目をつむって必死にこらえた。

(ばちが当たったのかな。勘違いするなって)

自嘲的になりそうなのを振り払い、今までの自分を取り戻そうとする。

(大丈夫。どんな理由で結婚したとしても彼には感謝しているし、いい妻でいられるよう努めよう。そこに自分の気持ちや希望はいらない。ただ、それだけ)

咲耶は自分に必死に言い聞かせ、あふれそうな感情を無理矢理押し殺した。

第四章

「来月、八榊会の総会があるだろ?」

四月も終わりが見えてきた頃、いつも通り暁と朝食をとっているときだった。確認するように問いかけられ、咲耶は目を瞬かせる。

「あるけど……どうしたの?」

「そのあとのパーティーに出席しようと思っている」

「え!?」

思わぬ発言に咲耶は箸を落としそうになった。

年に一度、八榊会に所属する生徒の保護者やOB、OGが総会を行い、そのあと学園に通う生徒たちも参加する大規模なパーティーが開催される。毎年の恒例行事なので、咲耶も当然知っているが参加したことはない。けれどそのパーティーには招待状が必要なはずだ。それを尋ねると、暁は「もちろん届いている」と答えた。

「正確には前々からもらっていたが、一度も顔を出したことはない」

「そうなの!?」

初めて知る事実に咲耶は素っ頓狂な声をあげる。しかしよく考えたら八榊会のつながりはかなり広く、政界や財界、官界など多岐《たき》にわたる。神族である冥加家に対し、案内がない方が逆に妙かもしれない。

それにしても……。

「どうしたの？」

咲耶はおそるおそる暁に尋ねた。そして、なんのことかと尋ねられる前に続ける。

「だって今まで一度も出席したことがなかったんでしょ？」

死神としての情報ばかりが先立ち、不幸を呼ぶ存在など好き勝手言われているのは暁たち本人も知っている。だからDreizehnt,Inc.の経営を冥加家が行っているのも公にしていない。暁の容姿について醜い、恐ろしいと実態とかけ離れた噂があるのは、それほど冥加家が表舞台に顔を出さないようにしていたからだ。

「かまわない。それに今は咲耶が、妻が八榊学園に通っているんだ」

思いつめた咲耶の思考を吹き飛ばすかのように、暁はあっさりと答えた。

「それとも咲耶は、俺が出席しない方がいいのか？」

「そんなことないよ！」

反射的に否定し、食事を終えた咲耶は律儀に手を合わせ、「ご馳走《ちそう》さま」と呟いた。

この話はこれで終わりだと思い立ち上がろうとする。

「もちろん咲耶も一緒に参加するんだ」

「へ？」

それまで暁だけが出席する話として受け取っていた咲耶は、まさか自分も出席する流れになるとは予想もしていなかった。咲耶の反応に、逆に暁は不思議そうな面持ちになる。

「咲耶の伴侶として出席するつもりなんだ。当然、咲耶には隣にいてほしい」

なにげない暁の切り返しに咲耶の心が乱れる。

『一族の汚名の原因となった此花の娘を手に入れたと語り継がれるだろう』

（暁は私と……此花の娘と結婚した事実を周りに知らしめる必要があるんだ）

八神会のパーティーに重い腰を上げて出席する理由もそこにあるのだろう。

「で、でも私、ドレスとか」

「こちらで用意するさ。心配はいらない」

微笑みながら返され、咲耶は押し黙る。

不服はないし、言える立場ではない。暁の判断に従うだけだ。

「わかった。お任せするね」

「咲耶」

今度こそ席を離れようとしたが、暁が立ち上がりゆっくりと近づいてきた。それだけで咲耶の心臓は早鐘を打ちだす。

「どうした？　ここ最近、どこか元気がないだろ」

「そんなことないよ」

心配そうな暁に、咲耶はかぶりを振った。そして言い訳しなくてはと躍起になる。

「あの、三年生になって授業も難しくなって、予習とか復習に追われちゃって」

しどろもどろになりながら説明していると、頭に温もりを感じる。

「無理するなよ」

「うん」

手のひらがそっと離れ、咲耶はそれ以上なにも言わず、自室へと向かった。

咲耶のうしろ姿を、暁は複雑な心境で見送る。

ここ最近の咲耶の様子が、あからさまにおかしかった。正確には、男子学生に言いがかりをつけられたあの日からだ。やはり死神の力を見せたのが原因だったのか。しかし、力自体を咲耶が恐れている感じはしなかった。

『金のためとはいえ死神と結婚するような女なんて普通じゃない！』

大橋の発言を思い出しただけで腸が煮えくり返る。

人は自分の身に起きた悲しみやつらさに対し、なにかしら原因を探し、そのせいにしようとする。防衛反応としては正しいかもしれないが、咲耶に対する悪意は許せない。

けれど、それだけではない。実際に大橋のこの言葉は暁に刺さった。

冥加家が死神としてどう見られてきたのかは、昔から嫌というほど身に染みている。

そんな自分と結婚した咲耶がどう言われるのかもある意味、予想できてはいた。

うまく立ち回れなかった己のミスを内心で舌打ちする。

『死神の花嫁になったらから不幸になったなんて、周りにもお前自身にも絶対に言わせない。わからないなら教えてやる。必ず幸せだと思わせるから』

あの誓いに嘘偽りはない。とはいえ咲耶は今、少しでも幸せだと感じているのか。

沈んでいる原因が自分との結婚によるものだとしたら、と想像するとたまらなくなる。

もしも自分ではなく、別の神族だったらあんなふうに言われなかったのか。馬鹿な考えだとは思うが、つい頭をよぎる。

誰かに振り回されたり、相手がどう思っているのかを、ここまで思い悩んだりした経験はない。だがそれを嫌だとも思わない。あのとき咲耶のせいで暴走しかけたが、逆にあそこで咲耶がいたから冷静になれたのだ。

『誰かを傷つけるために力を使わないで。……彼の言う通りになっちゃう』

咲耶が抱きついて必死で訴えかけてきた言葉は、暁の予想をはるかに超えたものだった。

(敵《かな》わないな、咲耶には)

苦笑しつつ、暁も出かける支度を始める。

咲耶については、雪景と千早にいつも以上に気をつけて見ておくよう命じておいた。

四六時中一緒にいるわけにもいかず、お互いの立場が違いすぎるのはもどかしいが、これぱかりはしょうがない。

どうすれば咲耶は笑ってくれるのか、最近はそんなことばかりを考える暁だった。

「咲耶さま、どれにします？　赤？　ピンク？　こちらの青はどうでしょう？」

「えっと……」

ハンガーにかかっているドレスを千早から何着も差し出され、咲耶はたじろぐ。

放課後、普段通り雪景と千早に迎えに来てもらい、そのまま帰宅するのかと思ったら、連れてこられたのはイタリアの有名高級ブランドのブティックだ。それだけで恐縮してしまうのに、暖色系のライトに照らされた店内は空気からして普通の店とは違っていて、咲耶の緊張を煽るだけだった。

制服姿なのも相まって、分不相応な思いが拭えない。どう考えても高校生が来る店ではないが、客は咲耶たちしかいなかった。

「白はさすがに結婚式にとっておきましょう！」

ここへは来月の八榊会のパーティーに出るための、咲耶の衣装を見繕いに来ていた。

店員のアドバイスを受けながらウキウキと選ぶ千早とは対照的に、咲耶の面持ちはどこか沈んでいる。

「咲耶さま、大丈夫ですか？」

雪景から声をかけられ、咲耶は瞬きをする。せっかく千早が懸命に勧めてくれているのに、正直上の空だった。失礼だったと慌てて返す。

「はい。あの、すみません。私……パーティーとか初めてで、ちょっとどんなものなのか想像もつかなくて」

今までまったく縁のない、未知の世界に気後れしている。けれどそれ以上に、暁の隣に立つ意味を考えると胸が苦しくなってしまう。

（余計なことは考えないって決めたのに）

心の中で自身を叱責《しっせき》し、真剣に千早に向き合う。

「咲耶さまの希望はありますか？」

明るく問いかけられ、咲耶は答えに困った。

（希望……）

「よかったら決めてもらえませんか？　私の希望はとくにありませんから」

一瞬間が空いたが、咲耶は笑顔で返した。

これでいい。千早やベテランの店員に従うのがきっと最善だろう。与えられるものを受け入れるのが間違いないし、楽だ。

咲耶の回答に、どういうわけか千早と雪景は互いに目配せをした。続けて千早は一際明るい声で咲耶に尋ねる。

「なら、この青と赤だったらどっちがいいですか?」

「え?」

手に持っていたドレスの中で千早はふたつにしぼり、再度咲耶に問いかけてきた。

「教えてほしいです。咲耶さまはどちらがお好きですか?」

聞き方はさっきと変わらない。

青色のドレスはデコルテ部分がシースルーになっていて体の線がくっきり出そうな大人っぽいドレスだ。赤色のドレスはシフォン生地のロングドレスで、スカートの裾がふわりと広がるデザインになっている。

どちらが咲耶に合っているのかはわからない。ただ、直感的に咲耶の目を引いたのは……。

「赤で」

咲耶の答えに千早の顔は、ぱっと明るくなる。

「いいと思います! 着てみましょうよ!」

店員のあと押しもあり、奥の試着室へと向かう。ドレスを着るなんて生まれて初めてだ。

店員の助けを借りて、咲耶は見るからに高級そうなドレスに袖を通していく。そして着終わると、試着室の前で待機している面々に声をかけ、緊張しながら外へ出た。

「わぁー。素敵です。咲耶さま、よくお似合いですよ！」

「本当。これは暁さまも惚れ直しちゃいますね！」

矢継ぎ早に千早と雪景が感想を述べる。店員からも賛辞が飛んだ。しかし褒められ慣れていない咲耶は、逆に不安になってしまう。

「は、派手ですか？」

その場にいる全員からの注目を浴び、気恥ずかしさで身をすくめる。

「そんなことありませんよ！　胸を張ってください。咲耶さまにぴったりです！」

「赤といえば暁さまの色でもありますからね」

千早に続く雪景の言葉に咲耶はドキリとした。咲耶自身、特段赤が好きだというわけではないが、なんとなく惹かれた理由を考えると、暁の瞳に揺らめく赤色が頭の隅にあったのかもしれない。

燃える炎のように激しいときもあれば、夜の終わりを告げる朝日みたいだと感じるときもある。

「おふたりが夫婦として隣に並ぶ姿が楽しみです。咲耶さまが好きだと選ばれた色、暁さまも喜ばれますね」

千早の言葉に咲耶は曖昧に笑った。

大事なのは暁と並んだときに、彼の妻として釣り合うかどうかなのではないのか。

(私の好みとか希望を言ってもよかったのかな？　暁に確認した方がよかったんじゃ……)

暁が、冥加家が望んだのは此花の血を引く花嫁だ。それが偶然、咲耶だっただけ。わかっていた事実に振り回される自分に、咲耶は戸惑うばかりだった。

今までなら考えられない。どんな状況も受け入れるだけだと言い聞かせて乗り越えてきたのに。


翌日。各家庭にも八榊会の総会案内とパーティーの招待状が届いたのか、休み時間にはその話題で盛り上がっているグループが多々あった。

「凛子は、参加するの？」

さりげなく咲耶は凛子に尋ねる。今まで無関係だったのもあって、あえて咲耶からパーティーについて話題にしなかったが、凛子の立場からするとおそらく出席するのだろう。

「出るけど、どうしたの？」

さらりと返され、咲耶が答える前に凛子は目を輝かせた。

「もしかして今年は咲耶も出席するの？」

「う、うん。たぶん」

「え、嬉しい！　噂の旦那さまも一緒？」

凜子の勢いに圧されつつ、咲耶は小さく頷いた。すると凜子は嬉しそうに笑う。

「いつもはパーティーなんてつまらないって思うけど、咲耶がいるならすごく楽しみになってきちゃった。旦那さまもぜひ見たい！　すごく美形なんでしょ？　この前学校に来ていたの見たかったなー」

一気に捲し立てる凜子に、咲耶は苦笑する。

先日、暁が咲耶を迎えに来た際に、彼は多くの生徒の注目を浴びた。一体、誰の関係者かと話題になっていたとあとから知った。

とはいえ、咲耶は自分から暁との関係について話すつもりはなかった。大橋との一件もあったため、下手になにかを口にして、尾ひれがつくような真似は避けたい。

暁がなにか手を回したのか、咲耶に対する言いがかりや嫌がらせは、あの日からぴたりと止まった。

佐知子もなにも言ってこない。逆にそれを不気味に感じてしまうが、平穏に日々が過ぎ去るのは咲耶にとってありがたい。

「ね、どんなドレスにしたの？　何色？」

凜子の質問で我に返る。とっさに答えようとしたが、すんでのところで思いとどまった。

『暁さまにはどんなドレスを選んだのか内緒にしておきましょう！』

昨日店を出て、改めて千早と雪景にお礼を告げたとき、茶目っ気まじりに雪景が提案してきた。賛同する千早に、暁に確認しなくてもいいのかと咲耶は慌てる。

『大丈夫ですよ。暁さまにとっては、咲耶さまが好きなものを選ぶのが一番なんですから』

その証拠に、帰ってから暁とドレスを買いに行った話をしたときも彼はどんなものを買ったのか無理に聞き出そうとはしなかった。

『当日、楽しみにしておく』

優しく頭を撫でられ、胸が締めつけられた。

たとえ此花の血を引く者だから結婚しただけだとしても、彼が咲耶の気持ちを大事にしてくれているのは事実だ。それは出会った頃から変わらない。

「内緒」

待たされたあとに返ってきた咲耶の答えに、凛子は唇を尖《とが》らせた。

「えー。なにそれ？」

それでも咲耶は言わないことにした。千早と雪景を除き、何色を選んだのか一番に告げるのは暁がいい。そして、ドレスをまとった姿も彼に一番に見てほしい。

そこでチャイムが鳴り、凜子も自分の席に戻る。教科書を出しながら、咲耶はずっと抱えているモヤモヤした思いになんとか折り合いをつけようと自身に言い聞かせていた。


放課後。少しだけ気持ちが前を向いたので、図書室に寄ったあと、咲耶は雪景と千早のもとへ向かう。しかし前から意外な人物が歩いてきた。

「わざわざ教室まで行ったのに、ここにいたの」

冷たく声をかけてきたのは佐知子だった。学校で咲耶に話しかけるとき、いつもはもっと取り繕うのに、今の彼女は不機嫌さを隠そうともしない。

警戒しつつ佐知子を見ると、この前会ったときに比べ顔色は少し悪く、髪型もいつもに比べると適当な印象を受ける。

どうしたのか?とわざわざ心配をする間柄でもない。

「なに?」

訝しがりながら尋ねると、佐知子は鼻を鳴らした。辺りに人はおらず、長い廊下で咲耶と佐知子は向き合う形になる。

「咲耶って本当に疫病神なのね。うち、両親が離婚しそうなのよ」

「え?」

思わぬ告白に咲耶は目を丸くした。どういうことなのかと尋ねる前に、佐知子は前髪をかき上げる。

「Dreizehnt,Inc.がね、うちの会社の援助を打ち切るって言い出したの。せっかく経営がうまくいきだしたのに、お父さん真っ青よ。援助を継続する条件は、私たち家族が咲耶に今後一切関わらないこと、ですって」

なにも知らなかった咲耶だが、おそらく暁が手を回したのだとすぐに悟る。

(今になってどうして？　もしかしてこの前の？)

大橋に襲われた原因が佐知子だと暁が知ったとしたら、彼ならやりかねない。

「おまけに今まで咲耶にしてきた仕打ちを謝罪しろとまで言ってきてね。冗談じゃないわ。お父さんは会社を守るためにその話に乗るべきだ、なんて言ったけれどお母さんは納得しなかったの」

佐知子は吐き捨てるように事情を説明していく。

「もちろん私もよ。お父さん、今まであんたには無関心だったくせに、急に庇いだしちゃって馬鹿みたい。で、罵り合いになって最終的には離婚って話にまで発展しているわけ」

佐知子の顔には笑みが浮かんでいるが、どう見ても投げやりなものだ。

一連の流れに咲耶がまったく関係していないとは言えないが、責められるいわれはないはずだ。けれど、それが通じる佐知子や公子ではない。

「でもね、私は離婚してもいいと思っているの」

ところが、どんなふうに嫌みが続けられるのかと思っていたら、佐知子の口から飛び出したのはまったく予想もしていなかった言葉だった。

「だって、そうしたら私は此花佐知子になるから」

どういう意味なのかと尋ねようとしたら、佐知子はにっと口角を上げ、咲耶との距離を縮める。

「私が咲耶の代わりに、死神と結婚してあげるって言ってるの!」

目を見張る咲耶に、佐知子は満足げに微笑んだ。佐知子は目を爛々とさせており、あきらかに興奮状態なのが伝わってくる。

「此花の娘だったらいいんでしょ? 最初から向こうはそう言っていたわ。咲耶じゃなくてもいいじゃない」

「それ、は」

佐知子の言い分に返せずにいると、彼女は早口で捲し立てていく。

「もともと私の両親にきた話だったんだから、本当は向こうも私がよかったんじゃない? 身寄りのないあんたより、名字が違っていても此花家の母もいて、社長令嬢の私の方が、Dreizehnt, Inc.を経営している彼にとっては都合がいいはずよ」

そんなことない、と否定しようとしたが言葉が出なかった。佐知子の迫力に圧されただけが原因じゃない。咲耶自身、否定できる確証がなかった。

黙ったままでいる咲耶に、佐知子は勝ち誇った笑みを浮かべ言い放つ。

「勘違いしないでよ。咲耶は選ばれたわけじゃない。此花の血を引いているってだけで、調子に乗ってんじゃないわよ」

佐知子の目は据わったままだ。咲耶の反応を待たずにその場を去っていく。

対する咲耶はその場からしばらく動けなかった。

いつまでも、呪いのように佐知子の言葉が頭の中で繰り返される。

『花嫁は本当に此花の血を引く者なのか？』

『ええ、間違いありません』

わかっている、理解している。

暁の花嫁の条件は、此花の血を引いていることだ。その条件に当てはまっているから、自分は花嫁として迎えられ、大事にされている。

けれど、他にも同じ条件の者が現れたら？

現に佐知子は花嫁として名乗り出るつもりらしい。暁は、冥加家の面々はどう受け止めるのか。

咲耶は強く頭を振った。

そんな想像も、答えを予想する必要もない。自分はただ、受け入れて従うだけだ。咲耶はぎゅっと握りこぶしを作り、待たせているであろう千早と雪景のもとに駆け足で向かう。

早く、早く気持ちを切り換えないと。敏《さと》いふたりに気づかれるわけにはいかない。心配をかけるわけには……。

「此花さん」

階段を下りようとしたら不意に声をかけられ、心臓が口から飛び出しそうになる。バクバクと音を立てる胸を押さえ、咲耶は呼ばれた方を振り向く。

「赤、石先生」

神妙な面持ちで咲耶に近づいてきたのは赤石だった。図書室に用事でもあったのか。わずかに動揺する咲耶に、赤石は腰を屈めて咲耶の顔色をうかがった。

「顔色が悪いですよ。どこか体調が？」

「い、いいえ。大丈夫です。すみません」

とっさに咲耶は首を横に振った。遠目から見ても気落ちしているのがわかるほど、あからさまだったのかと顔をしかめる。

そのときふと、肩に温もりを感じた。至近距離で目が合い、赤石の瞳が咲耶を捉える。金の虹彩が揺れ、金縛りにあったかのような感覚になった。

瞬きひとつできず咲耶の思考が停止する。

「謝る必要はありません。僕はいつだってあなたの味方ですから」

耳にまとわりつく、ねっとりとした声が脳に響く。優しく微笑んでいる赤石の輪郭が、どういうわけかぼやけて目に映った。

「……はい」

無意識に咲耶は頷き、そこでふと我に返る。

「あっ」

支えられていたはずなのに、足元がふらつきそうになる。咲耶はとっさにうしろに下がり、赤石から距離を取った。

「ご心配おかけしました。さようなら」

頭を下げ、咲耶は階段を下りていく。なんとなく早く赤石から離れなければならない気がしたのだ。

(なんで？　先生は純粋に心配してくれただけなのに)

『僕はいつだってあなたの味方ですから』

あの発言も教師が生徒を思ってのものだ。たいした意味はない。それなのに胸騒ぎが治まらず、呼吸も乱れている。

必死に自身を落ち着かせ、今度こそ咲耶は玄関を目指し、ひたすら足を動かした。

咲耶の心配をよそに『図書館に寄っていた』と話すと、雪景と千早は余計な詮索もしてこずいつも通りだった。

安堵する一方で、佐知子から告げられた内容を暁に報告すべきかどうか迷う。彼にまったく関係ない話ではない。

しかし悩みぬいた末に、咲耶は余計なことは言わないという結論に達した。佐知子がどこまで本気で、どう行動するつもりなのかは不明であり、不確定な部分が多い。暁に話して、余計な心配をかけてどうするのか。なにより佐知子が冥加家に、暁に接触したとしてもそれを止める権利が咲耶にはない。

『此花の娘だったらいいんでしょ？　最初から向こうはそう言っていたわ。咲耶じゃなくてもいいじゃない』

（その通りだから……彼がどんな結論を出しても、私はただ受け入れるだけだ）

暁の前でも普通にしておかないと、と意識していたが、不幸中の幸いと言うべきか、帰りが遅くなるとスマホにメッセージが届いた。

夕飯も別々となり、久しぶりにひとりの食事かと思ったが、そこは千早と雪景が気を使い、咲耶と食卓を囲んだ。

「本当はこうしたことが許される立場ではないんですけれどね」

雪景が内緒話をするかのように告げてくる。

「暁さまの代わりにはなれないかもしれませんが」

「そ、そんなことありません！」

申し訳なさそうな千早に、咲耶は即座に言い返した。咲耶の勢いにふたりは目を丸くする。

「あの、代わりとかではなくて、千早さんや雪景さんと一緒にいて楽しいです。逆に暁さんの代わりも誰もいません」

言い切って咲耶は後悔しそうになる。彼らは暁に頼まれたから、こうして自分といるのかもしれないのに。

「あの」

フォローしようとしたら千早が目を細めた。

「咲耶さまは素敵ですね」

「本当です、暁さまの花嫁にはもったいないくらいですよ」

雪景が茶々を入れて、千早が頷く。その様子を見てぽかんとしていた咲耶だが、ややあって三人で顔を見合わせ、噴き出す。

どうしたのかとそこへ卯月がやってきて、夕食は賑やかな時間になった。

入浴を済ませ、自室で今日の復習をしたあと、時刻は午後十一時になろうとしている。さすがに眠くなり、迷いつつもいつも通り暁の部屋へと向かう。

暁はまだ帰ってきていないが、咲耶にとって眠る場所はすっかり彼の部屋になっていた。けれど主不在の部屋に入るのは初めてだ。許可をもらっているとはいえ、わずかに緊張してしまう。

扉を開けてそっと一歩踏み出し、中に入る。見慣れた光景が目に入りホッと息を吐いた。今では暁の部屋は咲耶にとって落ち着く場所となっている。

このまま奥の寝室へ歩を進めようとして、咲耶はふと思い直した。

(せめて帰ってくるまで起きて待っておくべきなのかな?)

卯月によると、遅くはなるが日付は越えないだろうという話だった。もうすぐ帰ってくるかもしれない。

一般的な夫婦のあり方など咲耶にはわからないし、こういったときどうするべきなのかも知らない。

咲耶はその場をうろうろして、悩んだ末にソファに腰を下ろした。

(お母さんは、お父さんの帰りを待っていたな)

ふと自分の両親を思い出す。幼い頃、夜中に目が覚めたら一緒に寝たはずの母が隣にいなくて、慌てた記憶がある。リビングに行くと、父が帰ってきていて、母は父の食事の支度をしながら会話をしていた。

『あら咲耶。起きちゃったの？』

咲耶の存在に気づいた母が驚いた顔になり、あやすように咲耶を抱き上げた。

『ごめんなさいね、よく寝ていたから。お母さん、お父さんを待っていたの』

母にしがみつくと、父が申し訳なさそうな顔で咲耶の顔を覗き込んでくる。

『起こして悪かったな。でも咲耶の顔を見られてよかったよ。ただいま』

『おかえりなさい』

咲耶は微笑む。不安な気持ちが一気になくなり、安心感に包まれる。父と母の顔が見られてよかった。

（お母さん、お父さん……）

懐かしい思い出は寂しさも一緒にあふれさせる。咲耶はソファの上で膝を抱えて身を縮めた。

「咲耶」

静まり返った部屋に響いた声は、完全な不意打ちだった。目を見開いて、咲耶は声のした方を向く。

そこには帰ってきたばかりなのか、スーツ姿の暁がやや疲れた面持ちで立っていた。

「起きていたのか？　てっきりもう休んでいるかと思って、帰る際にはあえて連絡を入れなかったんだが」

「あ、えっと。おかえりなさい」

咲耶は慌ててソファから腰を浮かせる。そんな咲耶のそばに暁はさっと近づいた。暁を見上げる形になり、次の瞬間彼の手が咲耶の頬に触れる。

「冷えている。だいぶ暖かくはなってきたが、また風邪でも引いたらどうするんだ」

軽くたしなめられ謝罪しようとしたが、その前に咲耶は暁の腕の中に閉じ込められた。

暁の言う通り冷えていたのか、いつもより温かく感じる。日課となった抱擁は、いつの間にか咲耶に安心感と心地よさをもたらすものになっていた。

ところが暁は咲耶の肩に手を置き、勢いよく彼女を離した。まじまじと見下ろされ、咲耶は目を瞬かせる。

「どうしたの？」

「それはこちらの台詞だ。なにがあった？」

急に険しい表情で詰め寄られるが、話が読めない。混乱する咲耶をよそに、暁はさらに追及する。

「誰に会った？」

「誰にって……今日は普通に学校に行っていただけで、とくに……」

わからない。暁はどうしてそんなに厳しい口調で聞いてくるのか。身に覚えがない咲耶は、萎縮《いしゅく》するばかりだ。

そこで暁は冷静さを取り戻し、咲耶を抱きしめ直す。

「悪かった、責めているわけじゃない。ただ、咲耶は俺と結婚して死神の妻になった。そのことで邪な目的で近づく輩も絶対に増える。危害を加えようとする連中も……もっと警戒心を持て」

「そんなこと言われても……」

訴えかけてくる暁の必死さは伝わってきたが、咲耶としては困惑するばかりだ。

そもそも暁は誰のことを指しているのか。振り返ってみるが、今日は特別な人物に会った記憶はない。特段変わったことはなかった、はずだ。

『私が咲耶の代わりに、死神と結婚してあげるって言ってるの！』

はっと息を吞む。佐知子とのやりとりは、暁には話さないと決めたはずだ。

「咲耶？」

心配そうに名前を呼ばれ、咲耶は首を横に振った。

「大、丈夫」

ぎこちなく答えた咲耶の頭を暁がそっと撫でる。

「ひとまずもう休め。無理して俺の帰りを待つ必要はない」

「あの、でも……こういうとき妻としては夫の帰りを待っておくべきなのかなって」

たどたどしく返すと、暁は眉をひそめた。

「お前にそういうのは求めていない」

その言葉に咲耶の心は大きく揺れる。けれどその原因も、あふれる感情の名前もはっきりしない。それなのにどうしてか、涙がこぼれそうだ。

「うん、わかった。先に休むね」

暁の顔が見られないまま逃げるように咲耶は寝室に向かう。暁がなにか言いかけた気がしたが咲耶は振り向かなかった。

素早く布団に潜り込み、体を丸める。おそらく暁は自分を気遣ってくれただけだ。

(なら、この気持ちはなに?)

自問自答を繰り返し、答えを探す。ちぎれそうな胸の痛みに、咲耶は息を吐いた。

(ああ、そっか。会いたかったんだ)

あんな言い方をしてしまったが、妻とか夫とか、結婚しているからこうあるべきだとかは関係ない。単に暁の顔を見て、おかえりなさいと言いたかった。少しでもいいから話をして、ちゃんと帰ってきたのを確認したかった。安心したかった。

(それだけなのに、なんで素直に言えなかったの?)

咲耶はぎゅっと布団を握る。

怖かった。自分の希望で行動して、突き放されるのが。

暁にとって結婚の一番大事な条件は、此花の血を引く者であり、裏を返せばそれさえ満たしていれば咲耶ではなくてもいいという事実に気づいてしまった。そのことにショックを受け、傷ついている自分にずっと戸惑っている。

今まで、どんな現実も状況も受け入れて、割り切ってきたのに。この結婚も同じようにするべきだ。

それができていないのを、暁に悟られたくなかった。優しくしてもらえて、大切にしてもらっている。それで十分なはずなのに、この結婚に、この関係に必要以上のなにかを期待しているなんて知られたら……。

ぎゅっと目をつむり、とにかく眠ろうと考えるのをやめる。

母が亡くなって公子の家に引き取られてから、どんなにつらくても寂しくても、眠ったらこの気持ちは消えると言い聞かせて、暗い夜にひとり目を閉じてきた。

このまま目を覚まさなくてもかまわない――そう思いながら。

咲耶が寝室に消えたあと、暁は迷いつつ自室から出る。自己嫌悪に見舞われ息を吐くと、廊下に気配を感じた。

「まったく。咲耶さまが心配だともっと素直におっしゃったらいいのに」

「本当に。暁さまは咲耶さまのことになると、途端に立ち回るのが下手になりますからね。黄泉国の最高神が聞いて呆れます」

口々に好き勝手告げる千早と雪景に、暁は眉をつり上げる。

「お前ら……」

今は彼らの相手をしている余裕はない。鋭い眼差しと気迫あふれる形相に、人間どころか他の神々まで裸足《はだし》で逃げ出しそうな勢いだが、ふたりはものともしなかった。

「お疲れのところ申し訳ありません。報告に上がりました」

打って変わって真面目な表情になる千早と雪景に、暁も受け入れる姿勢を見せる。もっと別の言い方があったのかもしれない。先ほどの咲耶とのやりとりを後悔しつつ、今はふたりからの報告を聞くのが先決だと判断した。なにより暁自身、気になることがある。

暁の自室ではなく、別の部屋に三人は足を踏み入れる。書物が数多くしまわれている部屋で、暁は書斎机の椅子に座り、乱暴に足を組んで千早と雪景の方を向いた。

「で、咲耶に接触してきた命知らずは、どこの誰だ？」

凄《すご》みを利かせた言い方に、空気は震え闇の匂いが濃くなる。生ある者はすべて、その御前に無条件に平伏するだろう。

さっきは軽口を叩いたが、突き刺さる威圧感は、まぎれもなく彼が人々や神々から恐れられる死を司る神であると証明していた。

「何者かまでは突き止められませんでした。八榊学園は多くの神族、関係者が在籍しています。その中のひとりだと」

答えたのは千早だ。下校予定時刻からやや遅れて現れた咲耶は、あきらかにまとう雰囲気がいつもと異なっていた。それとなく探っても、図書室に本を借りに行っていた旨を告げられるだけ。咲耶自身の身になにかが起こったようには見受けられなかったが、動揺はしている様子はうかがえた。

「わざわざこちらにわかるように咲耶に気配を残してきた。よほど命が惜しくないらしい」

咲耶に触れた瞬間に伝わってきた別の神の存在。ただ空間を共にするだけではありえない。どのようにして咲耶に近づいたのか。想像したら反吐《へど》が出る。

「相手の目的はなんでしょうか」

そろりと雪景が話題を振ると、暁は鼻を鳴らして冷ややかに笑った。

「さぁな？　興味はないが、ろくでもない理由なのは間違いない」

此花の者に力を奪われる前から、自分たちの座を狙いその地位から蹴落とそうとする者があとを絶たなかった。いちいち相手をするのは面倒だが、咲耶に手を出されたからには黙ってはおけない。

「ひとつ言えるのは、冥加家に命がけで宣戦布告してきた愚か者だということだ」

　底冷えのする声には、静かな怒りが滲んでいる。

「護衛をつけますか？」

　雪景が尋ねる。咲耶に、という意味だ。登下校中は自分たちがいるが、学校にいる間は一切干渉していなかった。その考えを改めるべきなのか。

「いや。そこまでするとかえって咲耶が気を使う。手は打つさ」

　ただでさえ自分と結婚したことで、咲耶にはいらぬ心労をかけている。これ以上、好奇の目に晒《さら》すわけにはいかない。

　暁自身はどう言われてもかまわないが、咲耶に負担を強いる真似はしたくなかった。死神の花嫁とレッテルを貼られ、彼女が好き勝手言われるのは耐えがたい。

「それはそうと暁さま」

　一転して千早が世間話のごとく話を振る。

「差し出がましいのは十分に承知しておりますが、咲耶さまとのご関係はいかがですか？」

　続けられたのは曖昧な問いかけで、千早の意図が読めず暁は眉をひそめる。

「どういう意味だ？」

「きちんと咲耶さまに想いを伝えていらっしゃいます？　愛を囁いておられますか？」

　千早から飛び出した言葉があまりにも意外で、さすがに暁も面食らう。雪景もわけがわからず反応に困った。

しかし千早は真剣な面持ちを崩さない。

「僭越《せんえつ》ながら……咲耶さまのここ最近の不安定なご様子は、暁さまに根本的な原因があるのではないかと」

主に対し、随分と大胆な進言だ。一歩間違えたら、立場をわきまえていないと不敬を責められても致し方ない。しかし千早は言わずにはいられなかった。

しばし緊張を伴った沈黙が続く。それを破ったのは暁だった。

「大切に思っている。誰にも渡したくないし、最大限に大事にしているつもりだ」

千早の指摘を馬鹿だと一蹴できるほど暁も傲慢ではない。なにより咲耶との関係については手探りな部分が大きいのも事実だ。先ほどの件もある。

どこか歯切れの悪い暁に千早は追及の手を緩めない。

「それは咲耶さまが此花の者だからですか？　我ら冥加家と因縁の深い此花の末裔との縁談は、かねてから一族の願いでした。それを暁さまは」

「咲耶との縁談を、俺は一度断っている」

千早の言いたいことを汲み、暁は彼女の言葉を遮る。饒舌だった千早はすぐに口をつぐみ、雪景も暁をじっと見つめた。ふたりの視線を受け、暁はおもむろに口を開く。

「最初、此花の者との縁談をまとめられ、その相手として咲耶はここにやってきたんた。

だ。けれど力は戻っているし、俺に花嫁など必要ない。そう言って追い返した」

「あのときのやりとりを暁は鮮明に覚えている。死神に嫁がされそうになり恐怖で委縮しているのかと思ったが、臆することなく咲耶は自分の意見をはっきりと告げてきた。

すべてを受け入れると話す咲耶は、無感情でも投げやりなのでもない。自身のことに無頓着なだけで、瀕死の子犬のために一生懸命になったり、皆が恐れる死神の存在を必要だと言ったり、他者のためにはいつだって必死で真剣だ。

自分の考えをしっかり持っている分、つらい境遇でも誰かを恨んだり、他人のせいにしたりはしない。両親の死を含め、全部ひとりで受け止めている。

「そういうところが危なっかしくて、守ってやりたいと思った。此花なんて関係ない、少しでも咲耶に笑ってほしいんだ」

とはいえ、現実はなかなか難しい。

神としての力も戻り、黄泉国の最高神である自分の立場も理解している。不自由は感じていても不満はない。うまくやってきたつもりだ。

それが咲耶相手だと、どうしても思うままにことを運べない。

暁自身、誰かにこんな想いを抱くのは初めてで、咲耶に関してはいつもの余裕も冷静さもなくなってしまう。彼女の表情や態度ひとつに振り回されてばかりだ。

けれど悪い気はしない。咲耶のためならなんでもできると思えるのは、強がりでも自信過剰でもなく、本気だった。

暁は苦笑しつつぽつりと漏らす。

「正直、難しいな。俺自身、幸せなどよくわからない。ただ咲耶がそばにいて少しでも笑ってくれたら自然と心が安らぐんだ。咲耶にもそうであってほしい」

そうやって戸惑っている暁の表情は、とてもではないが冷酷非道で、人や神にも恐れられている黄泉国の最高神のものとは思えなかった。

主の意外な姿に、千早と雪景は顔を見合わせ微笑んだ。

「我々は暁さまが花嫁に選ばれた相手なら、どんな方でも付き従います。ですが、暁さまが咲耶さまを選ばれたことを、心から嬉しく思います」

千早の言葉に頷き、雪景が続く。

「咲耶さまとの結婚は、我が一族が此花を手に入れたと知らしめるためだけじゃない。咲耶さまの存在が、あなたにとってよいものをもたらしていると、おそばでいる我々が断言しましょう」

千早と雪景が咲耶を気に入っているのが十分に伝わってくる。それと同時に暁を主として慕うからこその進言だと理解できた。

一方で咲耶はどうなのかと、かすかな不安がずっとつきまとっている。さっき、咲耶は『妻として』と言っていたが、結婚したからと無理をしているのなら本意ではない。その感情が先に出てあんな言い方をしてしまったが、もっときちんとフォローすべきだった。でもなんて言えばいいのか。

彼女はどんな状況でもすべてを受け入れるし、受け入れてきた。それこそ相手が暁ではなくとも同じだっただろう。現に、あの中村という男と結婚しようとしていた。

『死神の花嫁になる覚悟はできたのか？』

『……はい』

あのときは冗談で告げたが、どこまでが咲耶の意思なのか。自分ではない別の者が彼女を求めたとしても、咲耶は今と同じように夫婦になろうとしたのだろう。

想像すると、柄にもなく胸が軋《きし》む。

さらには今回咲耶に接触してきた他の神の存在で思い知る。

自分といることで咲耶を傷つけてしまう可能性がある。その状況が暁にはどうしても許せなかった。

翌朝、咲耶が目覚めると隣に暁の姿はなく、気まずさを感じつつ身を起こした。昨日も帰ってくるのが遅かったが、もう家を出たのだろうか。

昨日の件に触れるべきか、否か。そう思いながら自室で着替え、食卓へ向かった。

卯月が顔を出し、挨拶を交わす。

「暁さまは今朝早くに出られまして。今、朝食の準備をしますね」

「ありがとうございます」

咲耶は静かに答える。予想は当たっていたが嬉しくはなかった。昨日の気まずさよりも、会えない寂しさの方が上回る。それを慌てて振り払った。

（こういう余計な感情が彼を煩わせるんだ）

気を引き締め、おとなしく朝食をとり始めた。いつも通り学校へ行く支度を整えたところに千早が現れる。

「おはようございます、咲耶さま」

「おはようございます。今日もよろしくお願いします」

千早の挨拶に、咲耶は深々と頭を下げる。相変わらず律儀な咲耶に苦笑しつつ千早は濃紺のベルベット生地に覆われている長方形のケースを差し出した。

「暁さまから咲耶さまに。お預かりしているものがあります」

「私に？」

咲耶は目を丸くして受け取る。持ってみると軽いが、入れ物は重厚だ。そっと開いたケースの中には、シンプルなペンダントが収められていた。ゴールドの繊細なチェーンの先には、小さいのに存在感を放つ一粒の宝石が輝いている。石の種類まではわからないが、つい目を奪われてしまう美しさがあった。

「せっかくなので、つけませんか？」

圧倒されている咲耶に、千早がそっと提案した。

「あの、でも学校には」

「目立つものではないと思いますが、いかがでしょう？」

間髪を入れずに返され、咲耶は迷う。たしかに制服を着たらほぼ見えないだろう。アクセサリーをこっそりつけている同級生も何人かいる。

もう一度ペンダントに視線を戻した。

「じゃあ……」

ぎこちなく頷くと、咲耶はケースごと千早に手渡した。それを受け取り、千早は「失礼します」と言って素早く咲耶の背後に回る。

妙に緊張してしまうのは、アクセサリーなどしたことがないのと、学校につけていくというちょっとした罪悪感からだ。ひんやりとした金属の感触がして、ペンダントは咲耶の首元に収まった。

「チェーンの長さはいかがですか？」

「大丈夫です」

思った以上に違和感なく、つけ心地がいい。近くにある鏡を見て確認すると、ペンダント自体は制服の襟下に隠れあまり目立たない。けれど、たしかに咲耶の肌の上で輝いている。

制服の上からそっと手を当てたら、なんだか温かい気持ちになった。

「お似合いですよ。暁さまも喜びます」

「お守りみたいですね」

なにげなく咲耶が感想を漏らすと、千早が目を見張る。しかしすぐにその目を細め微笑んだ。

「お守りですよ」

そこで咲耶は改めて時計を見遣り、そろそろ学校へ向かう時間だと気持ちを切り換える。おそらく雪景を待たせているだろう。

「咲耶さま」

ところが自室を出る前に、改めて千早に呼び止められる。

「私から申し上げることではないかもしれませんが……暁さまは、咲耶さまのことを誰よりも想っていらっしゃいます。どうか暁さまを信じてあげてくださいね」

神妙な面持ちで告げられ、千早に自分たちの関係を心配させていたのだと気づく。おそらく彼女だけではない。朝食のとき、卯月にもいろいろと気遣われた。

「はい。大丈夫です。暁さんともっとちゃんと話してみますね」

そもそも、自分たちには会話が圧倒的に足りていないのだろう。どんな状況も受け入れる覚悟はしているが、暁の本音を咲耶は聞いていない。はぐらかされるかもしれないし、嘘をつかれる可能性だってある。けれど、それが暁の言葉なら咲耶は信じるだけだ。

咲耶はそっとペンダントのチェーンに触れる。物云々《うんぬん》ではなく、わざわざ暁が自分のために用意してくれたことが嬉しい。相手がどう思っていても、この気持ちだけは本物だ。

雪景の運転する車で学校へ向かい、今日も一日が始まる。昨日の佐知子との一件を思い出すと胸が痛むが、これればかりは考えてもしょうがない。

「おはよう、咲耶」

廊下を歩いて、教室を目指しているとうしろから肩を軽く叩かれた。

「凛子、おはよう」

「あれ？　なんかいいことあった？」

顔を見た途端に尋ねてくる凛子に、咲耶はわずかに動揺する。

「え、ううん。べつに」

「えー、なに？　旦那さまとの仲が少しは進展したの？」

咲耶の反応になにかを悟った凛子は口角を上げニヤリと笑う。からかう気満々なのが伝わってきて、咲耶はたじろいだ。

「そういう話じゃなくて……」

「今日こそ咲耶の幸せなのろけ話が聞きたいんだけれど？」

否定したいが、中《あた》らずと雖《いえど》も遠からず。自分がわかりやすいのか、凛子が敏いのか。ペンダントのことを素直に話すべきかと悩んでいると、凛子の視線が前に移った。

「赤石先生、おはようございます」

前方からこちらに歩いてくる赤石の姿があり、咲耶も軽く頭を下げた。

「おはようございます」

「武市《たけち》さん、此花さん。おはようございます」

生徒の名前をきっちり覚えているのは、彼の好感度の高さにもつながっているのだろう。穏やかな声で返され、そのまま隣を通り過ぎようとした。

「此花さん」

ところが不意に呼び止められ、咲耶は凛子と共に立ち止まって赤石を見る。

「昨日はあれから大丈夫でしたか？」

あれからというのは、佐知子に一方的にいろいろ言われたあと、赤石と偶然会って心配をかけた件だ。咲耶は慌てて答える。

「大丈夫です。ご心配をおかけしました」

「なら、よかった。昨日僕が言ったこと、忘れないでくださいね」

『僕はいつだってあなたの味方ですから』

あのときと同様、まるで耳元で囁かれたかのように、赤石の声がリアルによみがえる。どういうわけかそれと共に胸がざわつく。

「……はい」

無意識に頷いてしまうのも同じだった。咲耶の答えに赤石は満足したように微笑み、その場を去っていく。

「ちょっと咲耶。物理とってないのに、いつの間に赤石先生と親しくなってるの？」

非難ではなく興味津々といった様子で凛子が咲耶に問いかけてくる。しかし咲耶は言葉に詰まった。

「親しくなんて……。ちょっと昨日、帰りに体調を崩しているところに声をかけられただけで」

「え、そうなの？　大丈夫？」

凛子の関心が別の方向に移り、咲耶は平気だと答える。

なぜか昨日の赤石とのやりとりを凛子には話せなかった。話しても問題ないはずなのに、とっさにごまかしてしまった自分が不思議でならない。

（なんだろう、この感じ）

息苦しさに似た感覚に、咲耶は不安になってペンダントをこっそり握る。すると少しだけ気持ちが落ち着いた。

（お守り、なんだよね）

暁がそばにいるような感覚がする。けれど、やっぱり本物には敵わない。

（会いたいって思う。思ってもいいのかな？）

今日は早く帰ろうと決めて、咲耶は凛子と共に教室に入った。


滞りなく放課後となり、咲耶は息を吐く。心なしか、今日は時間が過ぎるのが長かったように感じた。寝不足なのもあるのか、集中力も落ちている。

（帰ったら今日の復習をしないと）

いつもより時間が早めだが、千早と雪景はもう迎えに来ているだろう。彼らのもとに向かうため、咲耶は席を立った。

（あれ？）

そこで違和感を抱く。

制服の上から手を当てるが、ペンダントの感触がない。慌てて首周りを触っても、チェーンに触れることはなかった。

さっと血の気が引き、襟元のボタンをはずして持っていた鏡で確認すると、そこには朝つけたはずのペンダントがなかった。

はずしてはいないので、チェーンが切れたのか。シャツの中に落ちた可能性を考え、体のあちこちを探るが、それらしいものは見つからない。

(嘘。どうして……)

咲耶の心臓は早鐘を打ちだし、嫌な汗がどっと噴き出す。次に机周りを探すが、やはりない。

一日の行動を冷静に思い出そうとする。今日は体育もなかったし移動教室もなかった。最後にペンダントがあると確認したのは午前中だった。

(あ!)

凛子と昼食をとるため、いつも通り第二演習室に足を運んだのを思い出す。

そこで落とした可能性に賭けて、咲耶は第二演習室へと駆け出した。

めったに使われない部屋なので、おそらく咲耶たちが使ってから誰も入っていないだろう。逸《はや》る気持ちのまま、ドアを開ける。

一目散にお昼を食べていた机に向かい、腰を落として必死に探した。細いチェーンは目立たないが、それでも落ちていたら気づくだろう。

けれど、ペンダントは見つからなかった。

（どうしよう。どこでなくしたの？）

柄にもなく咲耶は泣きそうになった。もらったばかりのものをなくすなどありえない。やはり学校につけてきたのが悪かったのかと自分を責めながら、ここ以外の場所を必死に考える。

（廊下？　誰かに拾われた？）

胸がつぶれるような痛みが、思考を覆っていく。ぐっと唇を噛みしめ、自分を奮い立たせようとするがうまくいかない。

（やっぱり私は……）

「此花さん」

あまりにも予想していなかった呼びかけに、心臓が口から飛び出そうになる。

「あっ……」

「どうしました？　こんな時間に」

ドア口を見ると、赤石が心配そうな面持ちでこちらに近づいてきていた。

咲耶は気まずさを押し殺し、正直に答える。

「あの、落とし物をしちゃって探しに……」

「なにを落としたんですか？」

この流れなら当然の質問だ。しかし咲耶は答えるのをためらった。教師である赤石にペンダントをなくしたなどと言っていいのか。

「それは……」

「きっとあなたには必要のないものだったんですよ」

言いよどんでいる咲耶に、赤石がはっきりと告げる。顔を上げると、思った以上に赤石が近くに立っていて咲耶は思わず一歩下がりそうになった。

「なくしたのなら、しょうがない。そう考えることにしませんか？」

「でも、大事なものなんです」

思いきって咲耶は反論する。たしかに以前の咲耶なら赤石のように考えて割り切ろうとしていた。しょうがない、と諦めるのが大事だと。

でも、暁からもらったペンダントをそんなふうには思えない。

「そう思っているのはあなただけかもしれませんよ」

しかし穏やかな笑みを絶やさないまま赤石は続ける。その声はどこか冷たく、細められた目は笑っていない。

「渡した相手にとっては、たいしたものじゃない。あなたの存在もね」

（なんで？　渡した相手って……）

落としたものがペンダントだとも、もらいものだとも咲耶は一言も言っていない。

それなのに赤石は確信めいた口調だった。

「彼にとって、あなたの代わりはいくらでもいるんです。神族とはいえ神は人間とは違う。相容れない世界に生きているんですから」

『私が咲耶の代わりに、死神と結婚してあげるって言ってるの！』

『勘違いしないでよ。咲耶は選ばれたわけじゃない』

赤石の発言に相まって、佐知子の言葉が脳内にリフレインする。足元から崩れ落ちそうになる咲耶の肩に赤石がそっと触れた。

「でも大丈夫ですよ。何度も言っている通り、僕はいつだってあなたの味方です。だから、死神なんてやめて僕のものになりませんか？」

驚く咲耶の顔を赤石はじっと覗き込む。その瞳は金に揺らめき、妖しい光を放っていた。離れようとする間もなく、次の瞬間、咲耶の意識がふっと遠のく。

落ちるような感覚に怖さを感じたのは一瞬で、倒れ込む咲耶を赤石は右腕で抱き留める。そして彼の左手には、咲耶が探していたペンダントが収められていた。


『花嫁じゃなくて、お前自身が必要なんだ』

そう言ってもらえて嬉しかった。どんな理由でも必要としてもらえたのなら――。

暗い水の底からふっと浮き上がったように意識が明確になる。目を瞬かせ、焦点を定めながら体を起こそうとしたが、それは叶わない。金縛りにでもあっているみたいだ。

「お目覚めですか？」

声のした方に、咲耶はゆっくりと顔だけ向けた。辺りは薄暗く、どこかの倉庫なのか、広い空間が広がっている。

あれからどれくらい時間が経ったのか。なにかが敷かれてはいるが、地べたに寝かされていたおかげで、体のあちこちが痛む。しかし今はどうでもいい。

「赤、石……先生？」

なんとか声は出せた。咲耶から少し離れたところに立っている赤石は眼鏡をかけておらず、ゆっくりと咲耶のもとへやってきて、すぐそばで腰を落とす。

「乱暴な真似をしてしまってすみません。少し術で動けないようにしているだけで体に異常はありませんよ」

そういったことを聞いているのではないが、赤石はおかまいなしだ。

「あなたに恨みはないのですが……。恨むなら死神か、死神と結婚したご自分を呪ってくださいね」

「あなた、は？」

かすれた声で尋ねる。正直、声を出すのもつらい。

眉をひそめる咲耶とは対照的に、赤石はにこりと微笑んだ。

「申し遅れました。僕は五龍神《ごりゅうじん》のひとり、南を司る赤龍神《あかりゅうじん》です。あなたと結婚した相手と同じ神族ですよ」

赤石の告げた正体に、咲耶は目を見張る。一方でそこまでの驚きはなかった。意識を失う前の彼の発言からある程度の予想はできていた。しかしこの行動の意図はまったく読めない。

「最初はね、あなたを餌《えさ》に取引を持ちかけようと思ったんです」

まるで咲耶の心を読んだかのように、赤龍神が答えた。目をぱちくりとさせる咲耶の表情を見て、金色に光る瞳が妖しく弧を描く。

「死を司る最高神がかつて、人間の小娘に力を奪われてね、神族となって人間界に降りたと聞いたときは傑作でしたよ。ちょっとした騒ぎになりましたが、腐っても黄泉国の頂点に立つ者。どの神もなかなかその座を奪えなかった」

愉快そうに語る赤龍神の視線が再び咲耶に向いた。思わず目を逸らしたくなるが、彼の瞳が咲耶を捉える。

「それが最近、力を奪った此花の血を引く娘と結婚し、その力を取り込んだと聞きまして。力でやつに敵わないなら、取引材料にしようと目論《もくろ》みあなたに接触したんです」

少しだけ咲耶は自身の状況が把握できた。とはいえ、好転しそうな見込みはないが。

「私に……そんな価値、ありませんよ」

助かりたいからでも、投げやりになったわけでもない。本心が漏れた。

赤龍神の持ちかけようとしている取引がどのようなものかはわからないが、暁にとって不利になる条件なら、自分のために呑むとは思えない。

（私の代わりは、他にもいるから——）

「ええ。ですからどうです？　取引は諦めるので、僕のものになりませんか？　やつにとってあなたの代わりはいくらでもいる。此花の血を引く他の者を探せばいい。けれど僕は違います。あなたが必要なんです」

「なん、で？」

彼が自分を必要とする理由がまったくわからない。優しく微笑む赤龍神に対し、咲耶は混乱した。

その中で浮かんだのは、もしも自分が従ったら、赤龍神は本当に暁への取引を諦めるのだろうか、という考えだった。

暁に迷惑をかけたくない。暁の足枷《あしかせ》になるような真似はしたくない。ただ恩を感じているからではなく、彼が好きだからだ。

暁にとって此花の血を引く相手が大事なのだとしたら、咲耶の代わりに佐知子がいる。暁が新たに佐知子を選んだとしても、今まで通り自分は受け入れないと。きっと受け入れられるはずだ。

(……本当に？)

「咲耶！」

一瞬、空耳を疑う。自分の願望が幻聴として聞こえたのか。

動けない咲耶から素早く離れ、赤龍神は身構えた。

声のした方を見る。咲耶の耳に届いた声、視界に映る姿は、暁本人だった。

「どうしてここに？　あの結界がお粗末なペンダントは、学校に捨て置いたのに」

暁の出現に赤龍神がわずかに動揺している。その言葉で、なくしたペンダントは赤龍神が持っていたのかと咲耶は悟る。

(いつの間に？　それに結界って？)

次々と疑問が湧き起こるが、頭に靄《もや》がかかっているかのようで、思考が追いつかない。

黒衣に身を包んだ暁は、いつもとまとう雰囲気が違っていた。彼が一歩踏み出すたびに空気が揺れ、瞳の奥には燃え盛る赤が滲んでいる。

「あれは、最初から結界のつもりで咲耶に渡したわけじゃない。結界だったらもっと強固なものにしていた」

広い倉庫の中、そう大きくない暁の声がよく響く。

「何者かが咲耶に接触しているのには気づいていた。だからなにかしらの理由で首からはずれたときに、力が発動するようにしていたんだ」

それを聞いて赤龍神は舌打ちする。

「今朝、彼女を一目見て結界の存在には気づいたんです。あのペンダントはあなたの差し金だって。気休め程度だと思っていたら、まさか結界を破った者を追跡するためだったとはね」

「咲耶を危険な目に遭わせるのは本意ではないが、どんな命知らずか見てやろうと思ったのさ。もう二度と、咲耶に手を出そうなど愚かな考えを抱けないようにしてやる」

静かな怒りを滲んだ声に、赤龍神は唇を引き結ぶ。

「咲耶になにをした？」

「ああ。あなたの大事な花嫁を地べたに横たわらせてすみません。ここはベッドがなくてね」

余裕たっぷりに告げる赤龍神に、暁は眉をつり上げる。

「そう怖い顔をしないでください。彼女の弱いところをちょっとつっついただけですよ。人々の中に神がもっとも大きな影響を及ぼすのはいつだと思いますか？　なにかを叶えたいとき、心が弱っているときに、我々はその隙間を埋め支配する存在となる」

人が神に祈りを捧げ敬い、藁《わら》にも縋《すが》る思いで己の心の欲望や不安をぶつけてくる。

そんな人々の中に入り込むことで、神は人間と共存してきた。

「彼女を縛っているのは彼女自身です。それにしても、なかなか強固な考えをお持ちのようだ。ここまで時間がかかりましたよ」

「相変わらず、根性ひん曲がっているな」

嫌悪感たっぷりに暁が吐き捨てると、赤龍神はにこりと微笑んだ。

「力だけではあなたに敵いませんからね」

その瞬間、暁の周りを大きな炎が包む。急激な熱気は、離れている咲耶にまで届き、叫びそうになったが声が出ない。

ところが煌々《こうこう》と燃える赤い炎は一瞬にして消えた。炎に包まれていた暁は無傷で赤龍神を睨みつける。

「さすがは死神。火まで死なせますか」

まったく攻撃が効いていない事態に、赤龍神はいくらか焦る。素早く体勢を変え、横になっている咲耶のそばにやってきた。

「作戦変更ですね。彼女に危害を加えられたくなかったら、こちらの条件を呑んでもらいましょう」

急に自分を盾にされ、咲耶は目を見開いた。今すぐ体を起こして赤龍神から離れたいのに、それができない。

暁を見ると、あきらかに殺気立った様子で無表情でこちらに近づいてくる。

「よっぽど黄泉国へ送ってほしいらしいな」

赤龍神との距離が縮まるたびに、倉庫の中でなにかが崩れる音がする。窓が揺れ、すべてが地に伏せる勢いだ。けれど咲耶は恐怖を感じなかった。

「必死ですね。知っていますよ。あなたが彼女を欲しがる本当の理由。此花の血を引く者の中には、人ではないまれびとの力を奪う特異な体質の者がごくまれに現れる。我々にとっては脅威でしかないが、その者は同時に力を増幅し、与えることもできた。……彼女はその能力を持っているんですよね」

咲耶は話が読めずに混乱した。一体、誰の話をしているのか。自分のことだとは受け止められない。

そんな咲耶の心を読んだのか、赤龍神が咲耶に視線を向ける。

「あなたを最初は、ただの此花の血を引く者だと思っていました。でもね、あなたに触れて気づいたんです。あなたはまぎれもなく神の力を奪うのと併せて、増幅させる力も持っている。とても貴重な存在だ」

にわかには信じられない内容だった。自分にそんな力があると実感したこともなければ、暁だって一緒にいてもなにも言わなかった。

本当だとしたら、彼が気づいていないわけがない。なら、どうして咲耶に言わなかったのか。わざとなら、なぜなのか。

暁は眉根を寄せる一方で、赤龍神の言葉を否定しない。

「彼女は僕がいただきます」

「ふざけるな、咲耶は俺の妻なんだ。寝言は寝て言え」

暁の言葉に呼応するかのように、なにかが砕ける音が耳に届く。

「言いますね。でも今の彼女はどうです？　この状況。あなたに近づかなければ、あなたと結婚しなければ、彼女の力はおそらく眠ったままだった。こうして僕に狙われることもなかったはずだ」

赤龍神の切り返しに暁の足が止まる。かすかに暁の心が揺れたのを悟り、赤龍神は饒舌に続けていく。

「死神と結婚したせいで彼女はどんどん不幸になっていますよ。心も弱くなり、死神の花嫁として恐れられる。ご自分の立場は理解しているでしょう？　仮に僕をここで倒しても同じだ。またあなたを、彼女自身を狙う神が現れ、こうして危険な目に遭う。かまわないんですか？」

相手の心の隙間につけ込み、弱ったところからじわじわと侵食して支配していく。これが赤龍神のやり方だった。

彼の言葉を聞きながら、咲耶は否定したい気持ちでいっぱいになる。

（違う！　彼と結婚して、私は不幸になんてなっていない！）

「本当に彼女が大切なら手放すべきなのでは？　なにを言っても結局のところ愛してなどいないんですよね？　所詮は彼女の力が欲しいという私利私欲のため。わかりますよ、彼女の能力はどの神たちにとっても喉から手が出るほど欲しいものだ」

たとえ暁が自分を望んだ理由がそうだとしても、咲耶は叫ばずにはいられなかった。けれど実際は声が出せず、体も動かない。

『花嫁じゃなくて、お前自身が必要なんだ』

（私を必要としてもらえて嬉しかった。それだけでよかったのに、少しずつ欲張りになって、苦しくなっていって……）

変化する自分に戸惑って、受け入れられなかった。だからまた殻に閉じこもろうとしていた。

今まで通り傷つかないように、自身を守るために、意思も希望も捨てて目の前の現実を受け入れるだけだと言い聞かせる。期待をしたら馬鹿を見る。全部ひとりで乗り越えないとならないのに。

『咲耶はもうひとりじゃない。俺たちは夫婦だ』

（でももう、私はひとりじゃない）

暁の言葉一つひとつが、ひとりで背負うしかなかった頑なな心に沁みて、少しずつ咲耶を変えていった。

（望んでも、気持ちを伝えてもいいのかな？　受け止めてくれる存在が今の私にはいる。そばにいてくれるなら――）

『だったら、俺に幸せというものを運んできてくれたのは咲耶だ』

咲耶の視界がじわりと滲み、涙が滑り落ちて耳元を濡らす。

その瞬間、自分の中でなにかが壊れる音がした。

「言いたいことは、それだけか？」

立て板に水のごとくしゃべり続けていた赤龍神だが、鋭い眼光と共に放たれた暁の一言に、一度言葉を止める。

彼の周りの闇が一段と濃くなり、死の匂いが強くなる。油断すると呑み込まれ、そのまま黄泉国へ引きずり落とされそうだ。

けれど赤龍神はまだ余裕を崩さない。切り札にしている咲耶に視線を送った瞬間、彼は目を見張った。

「なっ」

心と共に動きも封じていたはずの咲耶が、体を起こし赤龍神の横をすり抜け駆け出した。

驚いたのは暁も同じで、ふらつきつつ自分のもとへ駆け寄ってきた咲耶を真正面から抱き留める。

暁の温もりを感じたのと同時に、咲耶は顔を上げしっかりと彼の目を見た。

「私は暁と一緒にいたい！」

この意思は誰にも揺るがせない。ずっと置き去りにしてきた自分の気持ちを、咲耶は初めて口にした。

「そばにいたい、いてほしい」

傷ついても、報われなくてもかまわない。暁に伝えたい。希望を持てず諦めるのが当たり前だった咲耶の中で芽生えた、かけがえのない想いだ。

迷いのない咲耶の顔を見て、暁は咲耶と目を合わせて至近距離で尋ねる。

「それが咲耶の望みなのか？」

彼の問いかけに咲耶はこくりと頷く。

暁はどう反応するのか。不安と緊張が入りまじり涙がこぼれそうだ。

「そうか」

ところが、安堵めいた声と共に咲耶の目に映ったのは、優しく微笑む暁だった。

「言ったはずだ、咲耶の願いは全部叶える」

暁は真剣な面持ちで告げ、咲耶を力強く抱きしめ腕の中に収める。

続けて暁は咲耶を左手で抱きしめ、右手の手のひらを赤龍神に向ける。

「さっきの炎、なかなかよかった。返してやろう」

不敵な笑みを浮かべた暁がパチンと指を鳴らすと、赤龍神の周りを熱が包む。先ほどのものとは違い、炎は青白く大きい。

「くっ」

「お前の狙いはなんだったんだ？」

低い声で暁が尋ねると、赤龍神は敵意を剥き出しに叫んだ。

「黄龍神《きりゅうじん》さまの解放です。いつまで黄泉国に封じておく気ですか？」

「なら、やつのいる黄泉国へ行って聞いてみればいい」

激昂する赤龍神に対し、暁は冷たく言い放つ。指先を動かすと、赤龍神は青白い炎に呑まれた。耳をつんざくような、人とも獣ともまた違う叫び声が建物内に響き渡る。

ややあって、そこにあったはずの気配が消え空気が変わる。まるで夢か幻でも見ていたのかと錯覚しそうなほど、炎どころか、辺りが燃えた痕跡さえない。

「……死んじゃったの？」

そっと顔を上げ、おそるおそる咲耶は尋ねた。

「相手も神だ。あの程度では死なない。しかし当分は動けないだろう」

いささか不満げに暁は漏らした。そしてふたりの視線が交わる。

「咲耶」

冷酷な表情が急に不安げなものになり、暁は咲耶の両頬に触れた。

「どこか痛むところは？　苦しいところは？」

「だ、大丈夫」

あまりの勢いに咲耶はたじろぐ。それでも暁は咲耶に触れることをやめなかった。

「悪かった。危険な目に遭わせるつもりはなかったんだ」

痛みをこらえる表情に、咲耶は暁をじっと見つめる。

『俺と結婚したことを後悔しているか？』

あのときもそうだった。暁の気持ちまで考える余裕などなかったが……。

（もしかして暁も不安だったのかな？）

なにかしらうしろめたさを感じているのなら、そんな必要はないと伝えたい。

「あの……」

おずおずと切り出し、咲耶はしっかりと暁の目を見た。

黒い瞳の中に金を散らした虹彩が揺れている。

「私と結婚したのがどんな理由でもいい。代わりのきく存在でも、私の力を利用したいだけでも……。それでも、私は暁と一緒にいたい」

想いを口にした瞬間、咲耶は暁に再び力強く抱きしめられた。しばらく沈黙がふたりを包み、おもむろに暁が口を開く。

「さっきの話……咲耶に特別な力があるのも、かつて此花の者と因縁があって咲耶との結婚を勧められたのも事実だ」

「うん」

わかっていたことなので、咲耶はそこまでショックを受けなかった。むしろ、暁の口から本当のことを聞きたかったので、そのまま耳を傾ける。

「でも俺にとっては、そんなのは全部関係ない。そもそも奪われたとされる力はとっくに戻っているんだ。此花の血筋というだけで咲耶と結婚するつもりはなかったから、最初に断った」

初めて冥加家の屋敷で交わしたやりとりを思い出す。花嫁は必要ないと暁は咲耶をあっさり突き放し、それを咲耶も受け入れた。そこから、こんな関係になるなんて、こんな想いを抱くなんて、お互い想像もしていなかった。

「此花との因縁や咲耶の力のことを話さなかったのは、余計な不安を煽りたくなかったからなんだ。結果的には話しておけばよかったと、今は後悔している」

言葉通り、彼の声のトーンはやや沈んだものになる。

「俺の気持ちを咲耶に疑われてしまうんじゃないか。不安を抱かせて離れていかれるんじゃないか。情けないが、こんな想いを抱くこと自体初めてで、咲耶を大切にする方法が、伝え方がわからなかったんだ」

咲耶が顔を上げると、彼はそっと額を重ねてきた。吐息が伝わりそうなほどの至近距離でふたりの目が合う。

「けれど、恐れられて当然だと割り切り、目を背けていた孤独に真正面から寄り添ってくれたのは、あとにも先にも咲耶だけだ。手放したくない。代わりなんていないんだ。此花の血筋も力も必要ない。俺が必要なのは咲耶自身だ」

真剣な表情に、咲耶は感情が昂りそうになるのを必死にこらえる。

先に自分も暁に伝えたい。

「私もね、あなたが死神だとか、Dreizehnt, Inc.の代表とか関係ない。必要とされて嬉しかったけれど、私も暁が必要なの」

傷ついても、つらくなっても、なくしたとしても――。

暁に出会ったことを後悔しない。諦めているわけではなく、心からそう思える。

両親が亡くなってから、咲耶は初めて希望を抱けた。自分の意思で、未来を描いてみたくなった。全部、暁のおかげだ。

「いつ死んでもいいって言っていたな。でも絶対に咲耶を死なせない。幸せだって、生きたいって思わせてみせる」

暁の宣言に、咲耶は小さく噴き出した。

「死神なのに死なせないってなんか変」

笑いながらも、暁の真剣な気持ちは咲耶に痛いほど強く伝わっている。笑顔を見せる咲耶に暁も微笑んだ。

「これからも、そうやって咲耶には笑っていてほしい」

呟かれた暁の願いに、咲耶はぎこちなくも頷く。

結婚だけじゃない。生きているのか死んでいるのかわからない状態で、心を殺してきた自分を暁が変えてくれた。

(生きていきたい、ずっと一緒に)

「咲耶」

愛しげに名前を呼ばれ、ゆるやかに顔を近づけられる。目を閉じて、咲耶は暁からの口づけを受け入れた。


さっきからずっと鼓動が速い。咲耶はもう何度目かわからないため息をついた。

「咲耶さま、そんな緊張なさらずとも大丈夫ですよ」

「そうそう。よくお似合いです」

千早と雪景、それぞれから励ましの言葉をかけられる。

GWが過ぎ、日々気温が上がりつつある青天の日曜日、咲耶は八榊会のパーティーに向かっていた。会場となっているのは、八榊学園の大ホールだ。

になっている。
暁は先に行われている総会から出席していて、咲耶はパーティーから参加すること
選んだ赤のドレスは咲耶の白い肌によく映え、長い黒髪は大胆にまとめ上げられて
いた。慣れていない化粧を施され、鏡に映った自分はまるで別人だと本気で思った。
なにもかもが慣れず、緊張だけが高まっていく。
会場が慣れ親しんだ場所であるのが唯一の救いだ。
「本当は中まで送り届けたいのですが、招待状のない者は入れないので……」
「だ、大丈夫です」
申し訳なさそうな千早に、咲耶は素早く答える。行くと決めたのは自分だ。改めて
パーティーへの出欠を暁に尋ねられたとき、咲耶は『参加する』とはっきり答えた。
以前の咲耶なら、暁の意思に従って動いていた。この状況さえ、しょうがないと受
け入れていただろう。ある意味、こんなふうに気が張るのは自分の意思で決めたこと
だからなのかもしれない。
(でも、なんだろう。自分で決めたからかな？　少しだけ楽しみにしている)
今までにない感覚だった。
会場では暁が待っているはずだ。彼にはこの姿をまだ見せていないので、反応が気
になる。

（うん。大丈夫だ）

気合いを入れ直していると、車は目的地に着いた。千早が先に車から降り、後部座席のドアを開ける。

「行ってらっしゃいませ、咲耶さま。どうか楽しんでくださいね」

「はい。行ってきます！」

笑顔で答えると、千早は驚いた顔をし穏やかに笑った。


咲耶が会場の中に入るまでその場で見送り、千早はゆっくりと助手席へ戻る。

「咲耶さま、なんだか変わったわね」

「たしかに。笑顔が多くなった気がする」

千早の言葉に雪景が笑いながら同意した。

咲耶だけではなく、暁もどこか雰囲気に柔らかさが出てきた気がする。

「暁さまが咲耶さまと結婚されて、本当によかった」

目を細め、千早は呟く。

「暁さまの幸せには咲耶さまの幸せは欠かせない。ふたりで幸せになってもらわないと」

暁はずっと自分の背負う宿命に向き合いながら冷たく自分を律してきた。黄泉国の最高神として他者を寄せつけず孤独を背負い、恐れられるのが当然と受け入れる。死を司る神が幸せを望んではいけないと誰が決めたのか。人も神も幸福を追求してこそ、生きる希望を得られるのだ。

「そうだな」

雪景が頷き、ふたりは咲耶が笑顔で戻ってくるのを願いながら帰りを待った。

無事に会場内に足を踏み入れた咲耶は、さっきから向けられる視線に身を縮めそうになっていた。

(私の格好、やっぱりなにかおかしいかな？　似合わない？)

瞬時にその考えを打ち消し、背筋を伸ばし極力堂々と前を向く。

千早や雪景から太鼓判を押してもらい、ここへ来た。弱気になるのは、彼らに失礼だ。ふたりを信じているし、美しく見える立ち振る舞いについてもアドバイスされた。しっかりしないと。

実際、咲耶の姿は美しく、こうした場にほぼ縁がない彼女は、OBやOG、関係者には顔が知られていないのもあり、注目を浴びていた。

家同士のつながりを深めるという目的のため、保護者やパートナー連れの生徒がほとんどで、咲耶を知っている同級生は、驚きが隠せずに咲耶を見つめる。

「あら？　誰かと思った。自慢の旦那さまは一緒じゃないの？」

不意に咲耶の視界に映ったのは女子生徒数名だ。以前、佐知子から咲耶が神族と結婚したと聞いて言いがかりをつけてきた女子たちもその中にいる。それぞれ自慢のドレスを着て、咲耶に不躾《ぶしつけ》な視線を送ってきた。

「外に出てこられるような外見じゃないんじゃない？」

ひとりの女子が勝手に結論づけると、もうひとりがくすくすと笑う。

「えー。会いたかったのに、残念」

「すごい格好。神族と結婚した途端にこんな場所に顔を出すなんて、図々しくない？」

そう言った彼女は、どこか面白くなさそうな表情だ。他の女子たちもいつもの見下してくる態度とは少し違い、咲耶が違和感なく馴染んでいる様子に動揺しているように感じられる。

「どうしたんだ？」

「どちらのお嬢さん？」

娘たちの発言を聞いた保護者たちが何事かと訝しげな顔をすると、彼女たちは咲耶を非難するように伝える。

「彼女、お金のために神族と愛のない結婚をしたの」

「特待生だからべつに挨拶しなくてもいいから」

戸惑う保護者をよそに、咲耶は体の向きを変える。彼女たちを相手にするくらいなら、早く暁を探したい。

「咲耶」

名前を呼ばれ振り向くと、そこにいたのは佐知子と伯母夫婦だった。さすがに硬直してしまう咲耶に対し、相手も驚いているのが伝わってくる。

公子は黙って咲耶を睨みつけ、伯父は申し訳なさそうな顔をする。ブルーのドレスを着た佐知子が一歩咲耶に近づいてきた。

「咲耶ってば。あなたみたいな子がこんな場違いなところに来て無理しないとならないなんて……かわいそう。だから相手が神族とはいえ、お金のための結婚なんてやめた方がいいって言ったのに。あなたにはやっぱり荷が重いんじゃない？」

「おい、佐知子」

わざとらしく咲耶に告げてくる佐知子を伯父が止めようとする。しかし佐知子は父を無視して咲耶にしか聞こえないほどの声で囁いた。

「やっぱり離婚は世間体が悪いからって踏みとどまったのよ。でも、あんたが今いる場所は私がもらうから」

低く呟いた佐知子に対し、咲耶はすぐに反応できない。

先ほどの佐知子の発言を聞いた周囲の人間もざわめきだし、咲耶に目線を送ってくる。

居たたまれなくなり、逃げ出したい衝動に駆られたが、咲耶は懸命にこらえた。もう逃げない。意を決し、咲耶は佐知子を見据える。

「違う。私は」

「妻がなにか？」

発言に声がかぶせられ、急に肩を抱かれる。佐知子の顔が強張り、他の女子たちが目を丸くしているのを視界に捉えながら、咲耶は隣に目をやった。

「暁」

どうやら夢でも幻でもないらしい。びっくりして目を見張る咲耶に、暁は視線を合わせた。

タキシードを着用し髪もしっかりワックスで整えており、いつにも増して貫禄があってかっこいい。

見惚れていると、暁の視線は佐知子一家に向けられた。

「妻には謝罪をしてくださいましたか？　一切近づかないように、と言ったはずですが」

口調は柔らかだが声には冷たさを含んでいた。伯父が顔を真っ青にし頭を下げようとしたが、先に佐知子が口を開く。

けじゃない」

「謝罪？　私たちが咲耶を心配してあれこれ口出すのを咲耶が悪く受け取っていただ

佐知子は仰々しく叫んだ。そこに今まで黙っていた公子も口を挟んでくる。

「そうよ。咲耶が両親を亡くしてからずっと育ててきたのに、いつもこの子は私たちを悪者にして……。こっちは娘同然に大切にしてきたのよ」

あくまでも被害者は自分たちだと言わんばかりの勢いに、周囲は公子や佐知子に同情的な目を向ける。不信感あふれる眼差しを暁や咲耶にぶつけてくる者たちもいた。

自分はどう思われてもかまわないが、暁を悪く思われるのは耐えられない。

反論しようとしたとき、肩に回されていた手に力が込められる。

「そうですか。こちらが悪く受け取っただけですか」

ため息をついた暁が懐からなにかを取り出した。小さなボイスレコーダーのようだ。

そして真ん中にあるボタンを押す。

『やっと咲耶がいなくなったわね、せいせいするわ。引き取ったときから疎ましくて腹が立つから、散々いじめて冷たく扱ってきたけれど、どうせ結婚しても同じ。咲耶なんて不幸になればいいのよ』

やけにはっきりと聞こえてきたのは公子の声だった。公子は顔が真っ青になる。周りも予想外の事態にどよめきだした。

「ち、違うの、これは」

『お金があるところに嫁がせて厄介払いなんて、お母さん頭いい。せいぜい虐げられたらいいわ。学校の友達も馬鹿ばっかりだから、私の言うことを真に受けて咲耶を悪く言ってくれるし。あの子の居場所なんてどこにもないのよ』

続けて流れたのは、公子の会話相手であろう佐知子の声だ。機械を通したと思えないほど本人の声そのままで、その内容に同級生たちは信じられないといった顔をしている。

「こ、こんなの、でたらめよ！」

さすがに佐知子も慌てだし、動揺しながら取り繕うとするが、佐知子に同情的だった空気は一転して、非難や軽蔑を含んだものになる。

暁は涼しげな顔でボイスレコーダーをしまった。

「妻の家に残っている荷物を取りに行った際に、こんなやりとりを聞いたと家の者から報告がありまして」

そういえば伯母の家にある咲耶の残りの荷物は、暁が冥加家の誰かを遣わして持ち帰ってくれていた。けれどまさか公子や佐知子の会話を録音しているとは、思ってもみなかったし知らなかった。

「素直に従ってくれたら、ここまでするつもりはなかったんです。なによりこんな悪口雑言を妻に聞かせるのは忍びなかったんですが、致し方ありませんね」

しれっと補足した暁の言葉は、公子たちにはもう届いていない。

「なに、裏ではあんなふうに私たちのこと馬鹿にしてたの？」

「そもそも結婚した神族だって、醜いとか言ってたのに全然話違うし」

佐知子とよく行動を共にしていた同級生たちは、佐知子の二面性に不満を爆発させている。

「やっぱりお前とはやっていけない、離婚だ！」

「なによ。会社ひとつも満足に経営できないくせに！」

居たたまれなくなった伯父が叫び、公子も負けじと言い返す。

場は騒然となり、駆けつけた会場スタッフが公子たちに外に出るよう促す。

「違うの、私は悪くない。全部咲耶が悪いんだから」

佐知子の訴えを聞く者などおらず、皆白い目で公子や佐知子たちを見た。

半強制的に伯母一家は会場から退出させられ、呆然とする咲耶に声がかかる。

「もっと早くに駆けつけたかった。探したんだ。やっぱりドレスの色は聞いておくべきだったかと思ったが……」

暁の方を向こうとすると、頬に手を添えられる。

「赤にしたのか。よく似合っている」

優しく微笑まれ、顔が一瞬で熱くなるのを感じた。

反応に困っている咲耶を満足げに見つめたあと、暁は改めて周囲に目線を送った。

「お騒がせしてすみません。はじめまして、咲耶の夫の冥加暁です」

改めて暁の美しさに同級生たちは息を呑み、彼の名前に一部の保護者や親族が反応する。

「黄泉国の最高神が？」

「冥加家当主の？」

「妻ってまさか……」

今度は先ほどとは違うざわつきが起こり、そんな中、暁は咲耶の肩を抱いたまま舞台の袖へと歩を進める。

咲耶は混乱しつつ、暁に促されるままに足を動かす。

肌で感じる空気としては、恐怖や嫌悪、蔑みというよりは、恐れ多く畏《かしこ》まっているような感じだ。

一体、どういうことなのか。

咲耶が理解できずにいると、パーティーが始まるとマイク越しに伝えられる。

最初に、新たに八榊会の理事になった者の紹介があるとアナウンスが流れた。

すると壇上に上がったのは暁だった。彼の外見に、なにも知らない女性たちは顔を赤らめ、感嘆のため息を漏らす。

「紹介に預かりました冥加です。神族であり、煩わしさもあって公にしていませんでしたが、Dreizehnt, Inc. の代表を務めています」

その発言に会場はどっと沸く。ずっと謎に包まれていた誰もが知る世界的有名なグループ企業Dreizehnt, Inc. の代表が目の前にいるのだ。にわかには信じられず、衝撃的な事実にどよめきが起こる。

ステージ袖で待つよう言われた咲耶も、まさか暁がこんな大勢の前でDreizehnt, Inc. の代表だと明かすとは思ってもみなかった。

「私自身、いろいろ好きに言われていますが、Dreizehnt, Inc. の順調ぶりを見ていただければ、なにが真実なのかよくわかっていただけると思います」

冗談と受け止めた聴衆から、笑いが起こるが、今まで好き勝手噂されてきたことを知っている咲耶は、胸が痛んだ。

「咲耶」

そのとき完全な不意打ちで名前を呼ばれ、咲耶は目を瞬かせる。ステージの上から軽く手招きされ、突然の事態に頭が真っ白になった。

自分はなにを求められているのか。脳が理解を拒否している。とっさに首を横に振ろうとしたが、暁が優しく微笑んで手を差し出してきた。それを見て、咲耶は意を決し、おずおずとステージの中央へ進んでいく。

一歩踏み出すたびに、ものすごい数の視線が突き刺さるのを肌で感じ、心臓が破裂しそうなほど速く大きく脈打つ。萎縮しないためにも、咲耶はまっすぐに暁だけを見つめた。

彼の手に触れた瞬間、暁は咲耶の横に並んで彼女の肩を抱いた。

「妻の咲耶です。今回の理事を引き受けたのは、妻が八榊学園に在学中だからです。私は普段はこうして人前に出ることも避け、Dreizehnt,Inc.についても沈黙を貫いてきました。でも妻と結婚して彼女が私を変えてくれた。かけがえのない存在なんです」

まさかそんなふうに言ってもらえるとは思わず、咲耶は涙が出そうになる。それを必死で我慢し、拍手に包まれながら暁と共にステージを下りた。

先に言ってくれていたらよかったのに。そう思いながらも、暁を責める気にはなれない。

それから暁と咲耶の周りには、Dreizehnt,Inc.とつながりを持ちたい八榊会の面々が挨拶に押し寄せてきた。その中には最初に、咲耶に嫌みを言っていた女子たちの両親もいて、佐知子の一件で素直に謝罪する者もいれば、気まずそうに両親と共に頭を下げていく者もいる。

「咲耶！」

そんな咲耶のもとに、紫色のドレスを着た凛子が声を弾ませてやってきた。お互いのドレス姿を褒めたあと、咲耶は手短に凛子に暁を紹介する。

「私の大切な自慢の親友を、絶対に幸せにしてくださいね」

軽く自己紹介をしてから、凛子は真面目な顔で暁に告げた。いつもの冗談めいたものではなく、目は真剣そのものだ。

「ああ。約束する」

咲耶が口を挟む前に暁が力強く答えた。その回答に満足したのか、凛子はまだ両親と挨拶しなくてはならない人がいるからと、咲耶と暁の前から去っていく。

「いい友達だな」

しみじみと呟いた暁に、咲耶は力強く頷いた。

「うん。私にとって大切で、自慢の友達なの」

続けて、別の者がふたりに声をかけてくる。

そうやって挨拶の対応に追われていると、神族だと名乗る者たちも何人かやってきた。彼らは暁を恐れるどころか、久しぶりだと懐かしがる。

「相変わらず、出てきたと思ったら注目を集めますね」

「久しいな。黄泉国の最高神とこのような場所で再会を果たすとは」

「結婚は人を変えるというが、神も例外ではないらしい」

咲耶も顔を知っている政治家や大企業の代表など錚々《そうそう》たる顔ぶれだ。

親しげに暁に声をかけてくるのを目の当たりにして、彼の隣に立つ咲耶は改めて暁の立場がとんでもないものだと感じる。

その様子を遠巻きに見ていた参加者からは、羨望や好奇の眼差しを向けられていた。

この場から追い出された伯母一家は、今後どうなるのか。

離婚するとしたら、佐知子は八榊学園に通うのは厳しくなるだろう。いくら母の実家である此花家がそれなりの家柄だとしても、資産家というわけではない。その前に、あんな音声を皆の前で晒されてしまい、プライドの高い佐知子がどう出るのか。

今までされてきた仕打ちに対し、悲しさはあるが憎しみはない。暁の言う通り、今後は一切関わらない方がお互いのためだろう。

「咲耶」

ふと名前を呼ばれ、我に返る。暁の方を向くと軽くこめかみに唇を寄せられた。その行動に、ふたりを囲んでいた神族たちがどっと沸く。

見せつけるためなのか、なんなのか。恥ずかしさに顔を赤らめながら咲耶は不満げな視線を暁に送る。それに対し、彼は余裕たっぷりな笑みを返してきた。嫌みなく整っている表情につい見惚れてしまいそうになる。

（しょうがない。相手は神様だもの。敵うわけがない）

諦めでも、ただ受け入れただけでもない。温かくて満たされる。
（彼のそばを離れたくない）
自分の意思で決めて得たからこそ、幸せなのだと咲耶ははっきりと思えた。

エピローグ

暁に抱きしめられながら、咲耶は眉尻を下げておもむろに口を開く。

「あの、聞いてもいい？」

腕の中に閉じ込めていた咲耶が尋ねてきたので、暁はわずかに腕の力を抜く。

「どうした？」

赤龍神との一件から、ふたりの距離は確実に縮まっていた。暁が咲耶に触れる機会も増え、咲耶もそれを受け入れている。しかしその中で咲耶はどうしても気になることがあった。

「これは、その……夫婦としてのスキンシップなの？　それとも、その……力が増すから？」

どうやら自分には、人ではない者の力を増やしたり奪ったりする能力があるらしい。しかし咲耶本人に変化はないので無自覚だ。

暁は力が十分に戻っていると言っていたが、咲耶と触れ合うことで力が増えるのは事実。そうなると、彼からの接触の意味をつい考えてしまう。

「もちろん、咲耶が愛しいからに決まっている」

さらりと返され、咲耶は硬直した。

こうもストレートな言葉をぶつけられると、どうしたらいいのかわからなくなる。けれど受け入れるだけではなく、咲耶自身の意思も伝えたい。

「ありがとう」

咲耶から暁に抱きつき、彼との距離を縮める。今の咲耶にはこれが精いっぱいだ。

それを知っている暁は咲耶の頭を優しく撫でた。

「咲耶がそうやって、機嫌よく笑っていてくれたら俺は十分なんだ」

大切にされていると実感できるのが幸せだ。

「逆に機嫌を損ねたら、あっさり力を奪われそうだな」

暁の温もりを感じて目を細めていると、頭上で彼がなにげなく呟く。その発言に咲耶は即座に顔を上げた。

「やっぱり、そういう下心もあるんでしょ！」

咲耶の指摘に暁がしまったという顔になった。ムッと眉をひそめる咲耶に暁が慌てて付け足す。

「そういうリスクがあっても触れたいと思うんだから、それは愛じゃないのか？」

どこか必死な暁に、咲耶はつい笑みをこぼした。

黄泉国の最高神としても、Dreizehnt,Inc.の代表としても、一目置かれ畏怖の念を抱かれる暁のこんな姿を見られるのは、なかなか貴重かもしれない。

（妻の特権かな？）

咲耶が笑顔を向けると、再び暁に力強く抱きしめられる。

いつ死んでもいいと思っていたのに、今はまだ死にたくない。生きていたいと心から思う。まさかそう思わせてくれた相手が死神だなんて、なんだか不思議だ。

咲耶の左手の薬指には、暁から贈られた結婚指輪が幸せを表すかのように、キラキラと輝いていていた。

Fin.

あとがき

はじめましての方も、お久しぶりですの方もこんにちは。黒乃梓です。

このたびは『死神様に幸せな嫁入りを』をお手に取ってくださり、またここまで読んでくださって本当にありがとうございます。

普段から恋愛小説をメインに書いているのですが、神様のヒーローを書いたのは今作が初めてでした。おかげで暁の神様らしい（？）描写を書くのがとても楽しかったです。

少し裏話をすると、実はこの作品は小説投稿サイトのスターツ出版文庫byノベマ！でちょうど一年前に開催されていた「あやかし×恋愛」短編コンテストに応募した作品を原案に執筆したものなんです。

応募作品では暁が悪神だったり、咲耶がものすごく前向きでしっかりしていたりとキャラクターの設定や、話の展開が違っていたりするのですが（ノベマ！で読めますので、よろしければ覗いてみてください）その作品があったからこそ生まれた今作なので、長い試行錯誤の末に行きついたこの物語がこうして書籍となり、読者さまに届けられたことを大変嬉しく思います。

神様なのに完璧ではなくどこか不器用な暁と、彼と出会い成長して変わっていく咲耶が、心を通わせていく過程を少しでも楽しんでいただけたら幸いです。

今回、スターツ出版文庫から初の書籍化となり、創刊当時からずっと出してみたいと憧れていたレーベルなので、緊張しつつもひとつ夢が叶い、感謝せずにはいられません。これもひとえに、いつも応援してくださる読者の皆さまのおかげです。ありがとうございます。


最後になりましたが、書籍化の機会を与えてくださったスターツ出版さま。この作品ができあがるまで何度もアドバイスをくださり寄り添ってくださった担当の齊藤さま、作品がよりよいものになるよう編集作業を進めてくださった妹尾さま。

作品の世界観にぴったりな素敵な表紙イラストを描いてくださったボダックス先生。

この本の出版に関わってくださったすべての方々にお礼を申し上げます。

なにより今、このあとがきまで読んでくださっているあなたさまに、心から感謝いたします。本当にありがとうございます。

いつかまた、どこかでお会いできることを願って。

黒乃梓

この物語はフィクションです。実在の人物、団体等とは一切関係がありません。

黒乃梓先生へのファンレターのあて先
〒104-0031　東京都中央区京橋1-3-1　八重洲口大栄ビル7F
スターツ出版（株）書籍編集部 気付
黒乃梓先生

死神様に幸せな嫁入りを

2023年8月28日　初版第1刷発行

著　者　　黒乃梓　

発 行 人　菊地修一
デザイン　フォーマット　西村弘美
　　　　　カバー　北國ヤヨイ（ucai）
発 行 所　スターツ出版株式会社
　　　　　〒104-0031
　　　　　東京都中央区京橋1-3-1　八重洲口大栄ビル7F
　　　　　出版マーケティンググループ　TEL 03-6202-0386
　　　　　（ご注文等に関するお問い合わせ）
　　　　　URL　https://starts-pub.jp/
印 刷 所　大日本印刷株式会社

Printed in Japan

定価はカバーに記載されています。
ISBN　978-4-8137-1474-3　C0193

スターツ出版文庫　好評発売中!!

『君がくれた青空に、この声を届けたい』　茉白《ましろ》いと・著

周りを気にし、本音を隠す瑠奈は、ネット上に溢れる他人の“正しい言葉”通りにいつも生きようとしていた。しかし、ある日、瑠奈は友達との人間関係のストレスで自分の意志では声を発せなくなる。代わりに何かに操られるようにネット上の言葉だけを勝手に話してしまうように。最初は戸惑う瑠奈だが、誰かの正しい言葉で話すことで、人間関係は円滑になり、このまま自分の意見は言わなくていいと思い始める。しかし、幼馴染の紘だけは納得のいかない様子で、「本当のお前の声が聞きたい」と瑠奈自身を肯定してくれ――。

ISBN978-4-8137-1463-7／定価671円（本体610円+税10%）

『365日、君をずっと想うから。』　春《はる》瀬《せ》恋《れん》・著

過去のトラウマから友達もおらず、家族ともあまりうまくいっていない高2の小暮花。孤独と共に生きていた彼女はある春の日、綺麗な顔立ちのモテ男子・向坂蓮と出会う。「俺、未来から来たんだよ」――不思議な言葉を残していった彼と再会したのは、なんと花の通う高校。しかも蓮は、花のことをよく知っている様子。キラキラしていて自分とは正反対の世界にいるはずの彼なのに、なぜかいつも味方でいようとしてくれて…？　タイトルの意味を知った時、きっと感動が押し寄せる。青春×恋愛ストーリー！

ISBN978-4-8137-1459-0／定価715円（本体650円+税10%）

『鬼の花嫁　新婚編三～消えたあやかしの本能～』　クレハ・著

新婚旅行を終え、玲夜の隣で眠りについたはずの柚子。でも目覚めたときには横に玲夜はおらず、まったく違う場所にいた。『私の神子――』と声が聞こえ現れたのは、銀糸のような長い髪の美しい神だった。突然目覚めた神に、消えた神器を探すよう告げられ、柚子は玲夜とともに奔走するけれど…!?それはあやかしの溺愛本能を消す代物だった。「たとえ、本能をなくしても俺の花嫁はお前だけだ」文庫版限定の特別番外編・猫又の花嫁恋人編収録。あやかしと人間の和風恋愛ファンタジー新婚編第三弾！

ISBN978-4-8137-1461-3／定価660円（本体600円+税10%）

『無能令嬢の契約結婚～運命を繋ぐ証～』　香月《こうづき》文《あや》香《か》・著

異能が尊ばれる日本の自治州・至間国に、異能が使えない「無能」として生まれた櫻子は、最強の異能使いの冷徹軍人・静馬のもとに嫁ぐ。櫻子の無能ゆえのある能力を必要としたただの契約結婚だったはずが…静馬から惜しみない愛をもらい、虐げられてきた櫻子は初めての幸せを感じていた。そんな中、演奏会に参加した櫻子のもとに静馬の旧友で陸軍情報部の三峰が現れる。彼は「もし俺がお前を静馬から奪ったらどうする？」と“洗脳”の異能とともに櫻子に迫り――。ふたりの唯一無二の運命が試される、溺愛婚姻譚第2弾！

ISBN978-4-8137-1460-6／定価715円（本体650円+税10%）

スターツ出版文庫　好評発売中!!

『この涙に別れを告げて、きみと明日へ』　白川《しらかわ》真琴《まこと》・著

高二の凪は事故の後遺症により、記憶が毎日リセットされる。凪はそんな自分が嫌だったが、同級生と名乗る潮はなぜかいつもそばにいてくれた。しかし、潮は「思いださなくていい記憶もある」と凪が過去を思い出すことだけには否定的で……。どうやら凪のために、何かを隠しているらしい。それなら、嫌な過去なんて思いださなくていいと諦めていた凪。しかし、毎日記憶を失う自分に優しく寄り添ってくれる潮と過ごすうちに、彼のためにも本当の過去（じぶん）を思い出して、前へ進もうとするが――。

ISBN978-4-8137-1451-4／定価682円（本体620円+税10%）

『鬼の若様と偽り政略結婚 ～幸福な身代わり花嫁～』　編乃《あみの》 肌《はだ》・著

時は、大正。花街の下働きから華族の当主の女中となった天涯孤独の少女・小春。病弱なお嬢様の身代わりに、女嫌いで鬼の血を継ぐ高良のもとへ嫁ぐことに。破談前提の政略結婚、三か月だけ花嫁のフリをすればよかったはずが「永久にお前を離さない」と求婚されて…。溺愛される日々を送る中、ふたりは些細なことで衝突し、小春は家を出て初めて会う肉親の祖父を訪ね大阪へ。小春を迎えにきた高良と無事仲直りしたと思ったら…そこで新たな試練が立ちはだかり⁉ 祝言をあげたいふたりの偽り政略結婚の行方は――？

ISBN978-4-8137-1448-4／定価660円（本体600円+税10%）

『龍神と生贄巫女の最愛の契り』　野月《のづき》よひら・著

巫女の血を引く少女・律は母を亡くし、引き取られた妓楼で疎まれ虐げられていた。ある日、律は楼主の言いつけで、国の守り神である龍神への生贄に選ばれる。流行り病を鎮め、民を救うためならと死を覚悟し、湖に身を捧げる律。しかし、彼女の目の前に現れたのは美しい龍神・水羽だった。「ずっとあなたに会いたかった」と、生贄ではなく花嫁として水羽に大切に迎えられて…。優しく寄り添ってくれる水羽に最初は戸惑う律だったが、次第に心を開き、水羽の隣に自分の居場所を見つけていく。

ISBN978-4-8137-1450-7／定価693円（本体630円+税10%）

『夜が明けたら、いちばんに君に会いにいく～Another Stories～』　汐見《しおみ》夏衛《なつえ》・著

『夜が明けたら、いちばんに君に会いにいく』の登場人物たちが繋ぐ、青春群像劇。茜のいちばん仲良しな友達・橘沙耶香、青磁の美術部の後輩・望月遠子、不登校に悩む茜の兄・丹羽周也、茜の異父妹・丹羽玲奈…それぞれが葛藤する姿やそれぞれから見た青磁、茜のふたりの姿が垣間見える物語。優等生を演じていた茜×はっきり気持ちを言う青磁の数年後の世界では、変わらず互いを想う姿に再び涙があふれる――。「一緒にいても思っていることは言葉にして伝えなきゃ。ずっと一緒に――」感動の連作短編小説。

ISBN978-4-8137-1462-0／定価638円（本体580円+税10%）

書店店頭にご希望の本がない場合は、書店にてご注文いただけます。

スターツ出版文庫
by ノベマ!
作家大募集
小説コンテストを毎月開催!
新人作家も続々デビュー。
作品は、累計765万部突破の「スターツ出版文庫」から書籍化。
汐見夏衛
あの花が咲く丘で、君とまた出会えたら。
君が落とした青空
櫻いいよ
クレハ
鬼の花嫁
後宮妃は龍神の生贄花嫁
https://novema.jp/starts